人生にとって挫折とは何か

下重暁子
Shimoju Akiko

a pilot of wisdom

まえがき

七十代に一年に一回、三年続けて骨折したことがあった。最初が右足首、二年目が左足首、三年目が左手首、ここまで首がそろうと落ち込むどころか笑えてきた。

足の場合は、車椅子のときもあったが、仕事も休まず、いつものように地方への講演もこなした。飛行機、新幹線、みなていねいに扱ってもらえた。一ヶ月してギプスが取れる頃になって、リハビリもせず平常に戻った。

ただ、手首だけは神経がそこここに張りめぐらされているせいか、手術を避けてリハビリだけで治したので、一年近くかかった。もうこれ以上はと思っていたとき、講演後、山形県の鶴岡の元庄内藩主酒井家のご夫妻に連れられて、出羽三山《でわさんざん》にある羽黒山神社で特別のお祓《はら》いをしたせいか、以来無事である。

もし同じ所をまた骨折したら？　と恐れていたが、日頃から通っている中国の医師であり、鍼灸師《しんきゅうし》の胡伊拉《こいら》先生が言った。

「大丈夫、折れた所は逆に強くなって折れにくくなることもあるのよ」

挫折も同じかもしれない。折れた所は抵抗力をつけてしっかりとガードすれば、折れにくくなる。安心していいのだ。

挫折を重ねるごとに、人は強くなる。身体《からだ》も心も。そう信じることが出来れば、どんな困難にも立ち向かっていけるだろう。

私の中の恐れは去った。骨折しようと心が折れようと、乗り越えることで今までより強くなることが出来る。

そう思えば、挫折も捨てたもんじゃない。

挫折しないですめば、それに越したことはないというよりも、挫折してこそ自分自身の弱さも、そして他人の痛みもわかるようになる。

世の中でエリートと呼ばれる人の中には、挫折を知らない人がいる。一見幸せに見えるが、すべて順調でつまずいたことのない人には、他人の痛みがわからない。

冷たく想像力のない人間が出来上がる。

そういう人がいったん挫折すると、もはや立ち上がることが出来ない。免疫が全く出来ていないからだ。

自分で自分を治すことが出来ない。自分の中へ降りてゆき、自分自身を知ることで、挫折から這《は》い上がれるのに。

俳人の金子兜太《とうた》は「もっと生きものの感覚を磨くことだ」と言った。

それは、自然治癒力ともいう。生きものはすべて、その感覚を持っている。猫を見るがいい。我が家の猫たちは、怪我《けが》をしたり傷ついたりしたときは、自分で傷をなめて治した。愛《いと》しそうに愛しそうにその場所をなめている姿を見ると、教えられる。人間もまた、生きものなのだ。挫折の跡をなめてやりたい。自分の傷は自分で治すのだ。挫折したら、その自分とつきあいながら、時間をかけて乗り越えていく。

そのためには病気も怪我も、思いがけぬ事件や事故も、自分をきたえるための、今より強くなり広くなり大きくなるための時間だと思えばいい。

その結果、自分なりの哲学に到達する。それが、一種の諦観であろうとも、生きている限り人は人生を模索する。

そのことが大切なのだと思う。

樹木希林《ききりん》さんの生き方が話題になっている。何冊もの本が出て、一周忌を迎えても新たな本が出て、衰えを知らない。

私は、亡くなる一年位前に樹木さんと会う機会があった。そのときの印象が忘れられない。さざ波すら立たない静かな水の面といったらいいか、自然で、その言葉通り一切なりゆきといった感じがあった。それは一種の諦観といったらいいか、極端にいえばアナーキーな側面すら持っていた。

私にもその一面はある。なるようにしかならない。一切なりゆきといいながら、決してなりゆきにまかせるのではない。自分なりの意志や覚悟、それがあるからこそ〝なりゆき〟というセリフが出てくる。

多くの挫折の中から滲《にじ》み出てくる言葉であり、生き方である。

挫折を考えるとき、私には疑問があった。外から挫折と見える体験をした人々は、本当にそれを挫折と受け取っているのだろうか。本人が挫折と思わないなら、それは挫折ではない。そのあたりを詳しく聞いてみたくて、何人かにインタビューを試みた。

その結果、他人が見ているものは挫折ではないことが、徐々にわかってきた。

インタビューに応じてくださった方々のほとんどは、挫折だと認めてはいなかったし、むしろさらりとその事実をいなしながら、次に向かって生きている。

そのしなやかな勁《つよ》さに感動させられた。

ただ、どうしても受け止めがたかったのが、黒川祥子《しょうこ》さんから聞かされた、子供たちの虐待であった。

このところ、三・四・五歳位の子供たちの親による虐待死が続いている。

なんともやり切れないし許せない。子供たちは親の言葉に素直に従い、なんとか生きたいと願っているのに、それを無残に摘みとってしまうことが許されていいのか。

挫折だの自分の生き方だのが考えられる年にまでいたらない子供たちを救うことは、出来ないのだろうか。

黒川祥子さんは、子供たちの居場所があることが必要だという。その話を聞いて、第三者である社会の責任を考えさせられた。

人が生きていく上で必要なのは、居場所があること。それさえあればしなやかに挫折を乗り越えていくことは出来るはずなのだ。

私にも今まで多くの挫折はあった。それをかわしつつ、今まで生きられたことの幸せを思う。そして少しでも挫折と気づいて悩む人々、挫折とは気づかずに苦しんでいる人々のそばにいられればと願うのだ。

下重暁子

行く秋を土手の限りに追いかける

目次

第四章　挫折を通じて自らと向き合う

終章　挫折との向き合い方

第一章　挫折とは何か

究極のナルシストは挫折しない

孤独と悲劇性に裏打ちされたスケーター

その日の午後、街はいつもより静かだった。二月十七日、土曜日ならば、買い物に出る人や、若い男女で賑《にぎ》わうはずの私の住まいがある広尾の街もひっそりと息を潜めている。二〇一八年平昌《ピョンチャン》オリンピック注目の男子フィギュアスケートのフリーが行われる日で、ショートプログラムで第一位の羽生結弦《はにゅうゆづる》が出場する日である。日本の選手にまだ金メダルは無かった。

私もその時刻、家で執筆中だったが、最初から男子フィギュアスケートの最終組だけはテレビで見ると決めていた。

羽生が「ＳＥＩＭＥＩ」の衣装で登場する。胸の前で合掌のポーズをとる。その前に「士」の形を描くのは、「ジャンプの回転軸と両肩を平行に保つ意識を確認するためのおまじない」だそうだ。いよいよはじまる。

胸が高鳴る。私が緊張してどうする！

見ている人たちも思わず、天に祈りたい気持ちだったろう。

「ＳＥＩＭＥＩ」の最初の音。羽生は音を連れてくる。音に合わせるのではなく、音を連れてくる。音楽性が飛びぬけていることの表れである。バレエでもフィギュアでも音楽が体の中にない選手は、残念ながらいくら練習しても限度がある。例えば金妍兒《キムヨナ》選手。金妍兒は音を連れてくることが出来る。他の選手との微妙な差こそ音楽性のあるなしの境目である。バンクーバーオリンピックで金妍兒が金メダルに輝いたのは当然なのだ。

羽生は日本人では珍しく、音を連れてくることが出来る。それがどのようにして培われたのか。弓の弦を結ぶように凛《りん》とした生き方をして欲しいという父の願いをこめた命名。その弦のように音を奏でる。どんな環境でどんな音を聴きながら育ったのか。

一つには子供の頃から持病の喘息《ぜんそく》に苦しめられ、治療にはげむ中で、一人でいる時間が多かったことが考えられる。自分の病気と対峙《たいじ》し、自分の内面と向き合わざるを得ない中で、自分で考え、自分で決める基礎が出来、それが音楽にも反映しているのだろう。

喘息は完治するのが難しい病気だ。いつまた再発するか。それとつきあって自分自身のバランスを取っていく。羽生には幼い頃から病んだ経験がある者のみの持つ、自分を冷静に見つめる目が感じられる。まだ十代でシニアデビューしたての頃の羽生に、フリーの後半でスタミナ不足が感じられたのもこの病のせいだろう。

私は小学校二、三年を結核で安静にせねばならず、学校も休学、同じ位の子供と遊ぶこともなく自分と対峙した経験があるからよくわかる。

演技がはじまった。最初の四回転ジャンプをスムーズに決めると羽生の世界に入っていった。

途中バランスを崩すこともあり、直前のNHK杯での怪我のときに似た体勢に一瞬凍りついたが、かろうじてこらえ、その後は最後まですべり切った。

すべり終えて「勝った！」と言ったのは自分に勝った証拠、怪我をしていた右足をさすりながら「ありがとう」と言ったのが忘れられない。

その日の夕方、広尾のジムに行くと女性の更衣室はその話で盛り上がり、「本当によかった」「涙が出た」など。実は私も演技の終わった直後、恥ずかしながら涙ぐんだ。

なぜ羽生は特別なのだろう。これまで同様、これから先も様々な選手が登場し、活躍するだろう。けれど羽生のような選手はたぶん出ない。なぜなら、彼には美しさがあるからだ。それも悲劇性に裏打ちされているからこそ美しい。見た目は華奢《きゃしゃ》で細く、表情も優しく少女のようなはにかみと弱々しさをたたえているのに、実はその心は張った弓弦《ゆみづる》のようにピンとして、強く一分の隙もない。

悲劇性とは彼の人生における様々な挫折である。普通の人が味わうことのない試練。とりわけ、平昌オリンピック直前の挫折をどう受け止めたか。

挫折を乗り越える方法

「まるでジェットコースターに乗ってるみたい」

羽生自身が言っているように、その人生はめまぐるしい。挫折に次ぐ挫折から、その都度復活し、他の人には及ばない新しい境地を開く。そのドラマ性から目が離せないのだ。

その概要を眺めてみよう。

まず子供のときの喘息と、その喘息を治すためにはじめたのがフィギュアスケート、一九九九年、四歳のときだ。仙台で、姉の影響を受けスケートをはじめた。十三歳で全日本ジュニア選手権初優勝、十五歳で世界ジュニア選手権優勝、シニアデビュー後、二〇一四年ソチオリンピックで金メダル、世界選手権でも優勝し、若き王者となる。

同じ一四年のグランプリシリーズの中国杯で六分間練習中、中国の選手と衝突したが、そのまま試合に出て二位。頭部とあごのテーピングが痛々しかった。演技後、あごを七針、頭を三針縫い、帰国後の精密検査では、頭部挫創、下顎挫創、腹部挫傷、左大腿《だいたい》挫傷、右足関節捻挫で全治二～三週間。

最下位で出場したグランプリファイナルではショート、フリー共にシーズンベストの得点を記録し二連覇を達成。

事故を乗り越え、「存分に身体を使える幸せを感じた。今スケートが出来ることが一番の幸せ」と言う。

続く全日本選手権で三連覇後、断続的に続く腹痛の精密検査のため緊急入院、「尿膜管遺残症」で一四年十二月に手術。一つ壁を乗り越えるとまた壁が見えた。

手術後二週間入院、一ヶ月安静、退院後練習を再開したが、腹部を切ったことで違和感があり、練習時に捻挫、再び二週間休養、一五年の世界選手権では同門のハビエル・フェルナンデス（スペイン）に次いで銀メダルだった。

一五～一六年シーズンは映画『陰陽師《おんみようじ》』のサウンドトラックから「SEIMEI」と名付けてフリーの曲とし、衣装も日本の狩衣《かりぎぬ》風に。NHK杯では、ショートは最高難度の構成でノーミス、ソチオリンピックの最高得点を上まわる。フリーの音楽の解釈ではジャッジ九人中六人が十点満点、前人未到のスコアで優勝。世界歴代最高得点をぬりかえる。更にグランプリファイナルでそれを上まわり、絶対王者を見せつける。

一六年の世界選手権後、左足甲の靭帯《じんたい》損傷で全治二ヶ月、治療とリハビリに専念。悔しい反省点だらけのシーズンになった。

一六～一七年シーズンには五連覇をかけた全日本はインフルエンザで欠場。ヘルシンキの世界選手権ではショート五位から大逆転で優勝、「キングが王座に帰還した」と言われる。

いよいよオリンピックシーズン、二連覇がかかる。ところが一七年十一月NHK杯の公式練習中、四回転ルッツで転倒、「右足関節外側靭帯損傷」で欠場。私もそれを見て、相当痛そうで心配した。

トロントで全日本めざして治療したが、骨と腱《けん》に炎症があり回復が遅れ欠場。平昌オリンピックに照準を合わせる。

ジャンプぬきの氷上練習再開から約二ヶ月の二月十一日に現地入り、ようやく二～三週間前からジャンプを跳びはじめ、痛み止めなしでは三回転すら跳べない中で、ジャンプ構成は当日に決め、二大会連覇。

実は私は、「ＳＥＩＭＥＩ」を選択した時点で、心配していた。安倍晴明《あべのせいめい》は有名な陰陽師。政治の世界に入り込み、その権力は絶大だが、もともといたのは呪術の世界。羽生が直前に怪我をしたのも、何かたたったのではないか、選曲に難がなかったかと随分心配したのだ。

結果は金メダル。私たちを感涙にむせばせてくれたが、それもこれもあの直前の挫折があったため。それを乗り越えさせたものは何か。彼はイメージトレーニングが得意だ。音楽の世界でも「イメージトレーニングが出来ない人はダメだ」と、亡くなった指揮者の岩城宏之《いわきひろゆき》さんがよく言っていた。

羽生は仙台生まれだけに、3・11の被災地をめぐり、ショーを披露し、いつも感謝を忘れない。まさに禍福はあざなえる縄のごとし、挫折こそ力である。

極上の孤独を知るナルシスト

「撰《えら》ばれてあることの　恍惚《こうこつ》と不安と　二つわれにあり」

フランスの詩人ヴェルレーヌの詩にある言葉だが、太宰治《だざいおさむ》が引用したことでよく知られている。

私は羽生結弦を見ていると、この言葉を思い出す。選ばれてあることは今さら言うまでもない。恍惚は演技をしているときの彼の表情から感じる。一種の陶酔感が読みとれるのだ。選手の中には、一生懸命さとか努力が先に見えすぎる人もいるが、それだと見ている方がしんどくなって楽しめない。羽生の場合、本人が陶酔しているその余韻と雰囲気が観客を包みこんで、こちらも陶酔出来るのだ。

演技者からは、よく「楽しみたい」という言葉が出るが、それは違うと思う。自分が楽しめる境地というのは、出来ることはすべてやった上で滲み出てくる一種の余裕であり人間の大きさなのだ。

羽生が自己陶酔出来るのは、孤独を知っているからだと思う。誰も助けてくれない、頼りに出来ない。自分一人の境地、それを知ることは恐ろしくも不安でもあるけれど、これ以上自由に遊べるものはない。

私は『極上の孤独』（幻冬舎新書）を上梓《じょうし》し、その中でも書いたが、孤独を知る人こそが、誇りを持ち、品がある。

そのためには土台となる不安や恐怖や様々な感情に打ち勝って、自分を知り自分と戦わねばならない。それが出来る人のみが到達する境地があるのだ。羽生は、周りの人たちへの感謝を口にすることを忘れないが、たぶん彼は真摯にそれをなしとげた自分にも感謝しているに違いない。

だからこそ、「勝った！」と言い、がんばってくれた右足をさすったのだ。

彼は極上の孤独を知るナルシストである。彼がまず愛しているのは自分であり、ギリシャ神話のナルキッソス同様、水に映る自分の美しさに惚《ほ》れることが出来る。ということは惚れることの出来る自分をいつも保っていなければならない。そのための常日頃からの努力と鍛錬。自分が好きな自分でいるのは、この上なくしんどいことだ。それを自分に課し、辛《つら》くともなしとげる。そして更に高みをめざす。

その中で神はこの上ない試練を課す。それが表面的には挫折である。いくつもの挫折はあったが、平昌オリンピック前の挫折は大きく、練習もままならぬ状態で、彼だって焦りもあったろうし、「なぜ?」と怒りたくなったこともあったろう。

それを乗り越えることが出来たのはイメージトレーニング、自分が思い描くように演技している自分自身。つまり想像力である。想像の翼はいくらでもひろがる。その翼に乗って彼は自由に一人虚空を飛ぶ。その姿は孤高で美しい。ナルシストでなければイメージトレーニングなど出来はしない。

そのことを暗示してくれたのは、私の若い友人だ。彼はベテランの理学療法士で、私も世話になったことがある。羽生があの怪我のあと奇跡的に復活し、陶酔の演技が出来たのはなぜかと聞いたら、

「彼はナルシストだから」

羽生の周りには療法士をはじめあらゆる優秀なリハビリの専門家がいるはずだが、最後

は彼自身、自分自身と対話してオリンピック出場を決めたのだと言う。

目からうろこだった。その友人はこうつけ加えた。

「僕もナルシストだから」。だから想像出来たのだ。その友人はごく最近難病にかかったが、面会謝絶の中でも冷静に自分を観察し、今の状態をかみしめ、次を考えている。

ナルシストは挫折しない。いや挫折がやってきても、自分を信じ、自分を愛し、自分への期待を捨てない。

孤独な鳥の五つの条件

「孤独な鳥の五つの条件」という詩がある。十六世紀スペインの詩人サン・フアン・デ・ラ・クルスの詩だが、吉本ばななさんが心の支えにし、一人で亡くなった大原麗子さんの衣裳《いしょう》部屋にも貼ってあったという。

一つ、孤独な鳥は高く高く飛ぶ
二つ、孤独な鳥は仲間を求めない。同類をさえ求めない

三つ、孤独な鳥は嘴《くちばし》を天空に向ける
四つ、孤独な鳥は決して決まった色を持たない
五つ、孤独な鳥は静かに歌う

（『大原麗子　炎のように』青志社）

私は五の「孤独な鳥は静かに歌う」が好きなのだが、羽生からイメージするのは一と三である。高く高く飛び、嘴を空に向ける。より高みを求める姿勢である。どんな挫折が待っていようとも、負けない。というより自分に勝って更に嘴を上に向ける。挫折は誰にでもやってくるものではなく、選ばれた人にだけ襲ってくるものなのだ。

選ばれた人は平穏に暮らすようなことは出来ない。次から次へ襲ってくるものと戦いながら、前へ進むしかない。それがたとえ破滅への道だとわかっていても。

例えば、太宰治は結局酒と薬に溺れ、玉川上水に入水した。しかし桜桃忌《おうとうき》に集まる人は今も数多い。

三島由紀夫は自分の肉体をきたえ、あの美しい文体を貫き、最後は自衛隊市ヶ谷駐屯地

で演説後、割腹自殺した。芥川龍之介《あくたがわりゅうのすけ》は「ぼんやりとした不安」に苛《さいな》まれて自殺する。アスリートは、自分の体でそれを表現し続けなければならない。羽生がこの後どんな道を歩むのか、どんな生き方をするのか興味深い。

彼は振付や音楽など何をやっても一流になることは出来るだろうが、あの自分に厳しい姿勢がどうなっていくのか。魔物を呼びよせないことを祈りたいが、彼ならそれをも更に乗り越えていくだろう。

この先の生き方に注目したい、魅力あるめったにいない人物であることに変わりはない。その魅力は挫折に裏打ちされているからだ。

獲物を狙う「怒れる猫」

今回の平昌オリンピックで注目したもう一人のアスリートは、スピードスケートの小平《こだいら》奈緒《なお》だ。

私は以前から彼女が好きだった。淡々と、メダルに執着などなさそうに見えながら、着々と自分の中で積み上げてきたものがある。

羽生の場合は、天賦の才を与えられた選ばれし人だと思うのだが、小平の場合は、年を経るごとに一歩一歩築きあげて選ばれし人になったのである。しかしそこには、確固とした、いつか選ばれし人になるという思いがあった。「持続する志」、その花がようやく開いたのである。

最初から羽生のように注目を浴びることがなくても、彼女には自信があった。ただその出口が見つからなかっただけだ。

その間、結果が出ず、どれほど悶々《もんもん》と苦しんだことだろう。目に見える形の挫折より、かえって心の中の苦悶の方がしつこい挫折といえるかもしれない。

小平はそれを抱えたままじっと待った。自分の中で熟してくるものを待って……。それはオランダ留学をすることで実を結んだ。そこで自分を出すことを身につけ、「恥ずかしがりやの奈緒ちゃん」が一皮むけた。

そして戦うことを知る。「怒れる猫」という彼女の渾名《あだな》、かつてと違い、追いぬくときの目は、獲物を狙う鋭い猫の目である。戦うごとに力をつけて平昌オリンピックで五百メートル金メダル、二〇一七年までは同種目で二十四連勝という負けなしの成績だった。平昌参加のアスリートの中で三十一歳で頂点に立つのは決して早くない。しかし着実に自分らしく歩んできた。
「世間一般の時間軸に縛られてしまうと、何だか自分らしくないというか、自分の人生を生きている感じがしないかな。自分の生き方とは、目の前の人生を好きな方向に一歩ずつ進んでいくこと」（二〇一八年四月一日「朝日新聞」デジタル版より）
自分の言葉を持ち確信を持って進む人からは、挫折も逃げていく。

挫折は強く、敗北は美しい

挫折とは何か

あなたは挫折したことがあるだろうか。ないという人はいないだろう。もしいたとしたら私は信じない。ないという人は、感じていないにすぎないと思う。胸に手を置いて考えてみよう。そうか、あれが挫折だったのかもしれないと思い当たる節がたぶんあるだろう。

その挫折を見たくなくて、あるいはそれを挫折と認めたくなくて、見て見ぬふりをしているだけではないのか。

見たくない、認めたくないということは、自分本来の姿を正面から見つめたくない、自分を知りたくないということにつながるだろう。

挫折したとき、人は本来の姿に戻る。すべてが好調なときには目を向けることもなかった、弱くて醜くて目をそむけたくなる存在、それが本来の自分である。その自分と否応なく直面しなければならないのが挫折である。

例に挙げたフィギュアスケーター羽生結弦、彼はあれだけの才能に恵まれているから、挫折も大きい。本当は見たくはないだろう。大切な右足に怪我をした、しかも平昌オリンピックのすぐ前に。二連覇がかかっているというのに、ジャンプどころか、来る日も来る日もリハビリ、氷上に乗ることも最初は危ぶまれただろう。見たくない。美しくも華麗でもなく、ただうずくまっているだけの弱い自分。

その日は一日一日と迫ってくる。治るだろうか。もし治らなければ……。治してみせると信じる自分と、もし治らなければと考えてしまう弱気な自分。その葛藤の中で疲れ果ててしまう。いくらイメージトレーニングにはげんでみても、実際に傷ついた足はいうことをきかない。

毎日毎日そんな自分と向き合っていたに違いない。あるときは強気になり、あるときは弱気になり、そんな自分と正面から向き合ってやる。周りの人たちは最高のリハビリ環境と心の支えをくれる。しかしそのときが過ぎれば、また自分一人きりになる。逃げることは出来ない。

自分と対面せざるを得ない時間を孤独という。私は『極上の孤独』という本を上梓したことで、孤独とは、自分と向き合い、その自分を慈しんでやることだと気づくことが出来た。

正直に向き合えば、自分を知ることが出来る。いつもはカモフラージュし、演技して暮らしている自分の皮をはぎ取れば、生まれたばかりの赤子のように薄い皮膜に包まれて震えている自分。なんといとおしい。

その頃難病で無菌室に入っていた私の友人である理学療法士が言っていた。まるで胎児のような無防備な状態で、外気に触れることが出来ない、そんな自分を慈しんでやるしかないと。

挫折を正面から引き受けることが出来れば、自分への慈しみが他への慈しみに転化して、人を愛することが出来るのではないだろうか。

羽生結弦のことをナルシストと呼んだのは、自分を慈しむことが出来るという意味なのだ。

自分の才能や美しさに酔うという意味ではない。挫折を知り、そこから逃げず、そんな自分を慈しんでやることが出来るからこそ、進化し続けるのだ。神はそんな彼に、これでもかこれでもかと試練を与える。それを甘受して、より深く自分を知り、慈しんでやるからこそ、次のステージへ上がることが出来るのだ。

挫折するたびに大きくなる。ということは、そのたびに何かを学んでいるということである。より深く自分を知り、その自分を否定するのではなく肯定して、それまで知らなかった自分や、それまで気づかなかったことに気づいていく。

本当のナルシストとは

ここでナルシストの本当の意味を考えておきたい。ナルシストとは、ギリシャ神話に出てくるナルキッソスに由来する。

美少年のナルキッソスは、ある日水面《みなも》に映る美少年に、それが自分の姿とは気づかず恋をする。あげくの果てに、その美少年に口づけをしようとして水死する。あるいは恋焦がれて死んだともいう。

そして彼が死んだ後に水仙が咲いたので、水仙のことをナルキッソスと呼ぶようになった。

日本ではあまりナルシストのイメージがよくはない。最近では、スマホで自撮りをしてSNS上に上げたがる人のことを呼ぶようで、相手がどう思おうと自分勝手に自分を称賛したがる人というイメージがある。

それが行きつく先は、自己中心いわゆる自己中で、他人を傷つけても何も感じない病的な傾向を持つ人をイメージするが、それは一般にいうナルシストとは違う。

ナルシストの部分は誰にでもあって、一人一人、人間は自分の物語を持っている。きっとそれを達成出来ると信じるのが一般のナルシストだ。そのために何をしたらいいか最優先課題を見つけて、物語を達成するために努力することが出来るナルシストは素晴らしい。

他の人も他の人の物語を持っていて、その主人公なのだと理解する。つまり他者を認めるということである。自分を愛する、慈しむのと同様に他者を愛する。慈しむ共感力を持つという意味で考えれば、ナルシストは素晴らしい。

あなたは自分のナルシストの部分に気づいているだろうか。そしてそれをどう用いているだろうか。ナルシストである自分をどうコントロール出来ているかが大切な部分だ。ナルシストの部分に陶酔し、他者への共感力をなくし、全くの自己中心になるのは、病的ナルシシズムに足をつっこむことなのだ。

ナルシストにはセルフ・コントロールが不可欠だ。セルフ・コントロールが出来てこそプラスに力を転ずることが出来る。挫折をコントロールし、よりよい方向に向けることが出来るのが本当の意味のナルシストに違いない。

羽生結弦はその一典型といっていいだろう。

彼には他への共感力があるからこそ、故郷である仙台など東北地方を襲った3・11の災害とその被災者への共感を持つことが出来る。ボランティアをはじめフィギュアスケートのアイスショーで傷ついた人々の心を慰める。

ナルシストとしての彼には共感力があり、そのことがまた、人々の共感力を引きつけて、他の選手とは違う特別なものを感じさせるのだろう。

私自身もナルシストである。極端にいえば、自分自身にしか興味がなく、自分を掘って掘り続けて自分を知り、把握することが、他とつながる方法だと考えている。

人間には二種類あって、自分と向き合い、自分を知ることによって他者とつながることの出来る人と、他者への興味と知識を深めることで、自分を知ろうとする人に分かれると私は思っている。私は前者に属する典型的な例だが、私の友人には全く逆の人もいる。

その人の性情によってどちらがいいとはいいがたいが、自分に合った方法を知るためにも、自分と向き合うことを避けて通ることは出来ないだろう。

自分の中のナルシシズム、自分にしかない物語を紡ぎ、共感を忘れなければ、挫折のときのもっとも大切な薬はナルシシズムにあるということがいえるかもしれない。

負け姿は美しい

時折小雪の舞う寒い日であった。福島県のいわき平《たいら》競輪場に集っているおじさんたちは背中を丸めてレースを見ている。

競輪を見たのは初めてだった。二十年ほど前、共同通信社の文化部長だったMさんに誘われて参加した。

虎ノ門にあった日本自転車会館の隣に共同通信社のビルが出来たことからつきあいがあったのだろう。年に一、二回、Mさんが企画して様々な文化人十人余りを連れて競輪を見にいくツアー。

昔から友人だった関係で私にも声がかかり、男性ばかりの中一人だけ女が入って、まずいわき市で競輪を見て移動、スパリゾートハワイアンズ名物のフラダンスを楽しんで夜は磐梯熱海《ばんだいあたみ》温泉で一泊、次の日は馬の温泉を見学した。

いわき平競輪場は建て替えられて見事なものになったが、当時はまだ古びた殺風景な建物であった。

レースがはじまる。九人の色とりどりの自転車と同色のユニフォームに身を包んだ男たちが一斉にスタートする。はじめはノロノロ、それぞれが位置取りを考えている。位置取りのための戦いでは、同郷、同期、兄弟など、地縁血縁で協力し合うところが他の競技とまるで違う。

何周目かで一列に並んでそのまま移動、あと一周というところでジャン(打鐘)が鳴る。もうその前後から隊列は乱れ、全速力で競い合う。時速六十キロから七十キロ出るというから、ぶつかりあい落車も起きる。ごくたまに打ち所が悪いと死亡事故もある。実際に見たことがあるのだ。

赤青黄ピンク白黒緑 橙《だいだい》 紫、九車が入り交じっていくつものテープがからまるように夕暮れの空の下を走る。美しい! 様々な光が一瞬で目の前を駆け抜けていく。

客席のおじさんたちは総立ちになって口々に何かわめいている。

やがてゴール。おじさんたちは急に静まり返り、無口になる。無数の紙が空を舞う。外れ車券だ。それがまた美しい。のそのそと立ち上がって次のレースを買いに行く。

私は、もの侘《わび》しい風景の中でくりひろげられる鮮やかな色の饗宴《きょうえん》にすっかり魅せられてしまった。

きわめつきは外れ車券の乱舞。白い紙片は敗者の証拠。無数の敗者を一レースごとに生み出す。その残酷な美しさ！　競輪場はうらぶれた男たちの遊び場だったのだ。

賭け事ほど勝者と敗者を分けるものはない。選手たちはもちろんだが、そこに賭けた人々も勝者と敗者に分かれる。

私は勝負事が嫌いではない。難しいルールのあるものより花札やチンチロリンなど偶然やカンに頼るものが好きで、NHKでアナウンサーをしていたときも誘われれば、その遊びに参加してあまり敗《ま》けなかった。勝者は意気揚々と、敗者は挫折にうちひしがれる。

競輪は初めての経験だった。寒空の下で男たちがくりひろげる饗宴のことをエッセイに書く機会があった。その侘しさと美しさが表現出来たかどうか。

加藤一《はじめ》という男がいた。パリのモンパルナス墓地に眠っている。彼は画家志望だったが家が貧しく、競輪選手になった。しかし、画家の夢が諦められず、引退後、パリに渡りパリで画家になった。

具象画もあるがほとんどは抽象的な色と光の線による饗宴。それは私が初めていわき平で見た美しさの極みだった。

私のエッセイが関係者の目に留まったらしく、特殊法人だった日本自転車振興会（現・公益財団法人ＪＫＡ）から評議員の役を仰せつかり、年に数回、外部から意見を述べた。気軽に引き受けていたのだが、そのうちとんでもないことが起きた。特殊法人の枠が外れるのを機に民間から会長をという流れになり、経産省のトップクラスの天下り先であった会長職を私にと、経産省の課長と日本自転車振興会（後のＪＫＡ）の当時の会長から内々に打診があった。とんでもないと断ったのに、半年後についに説得され、そこから三期約六年務める破目になる。

それもこれも初めていわき平で競輪を見た日、あの敗者たちの饗宴に惹《ひ》かれたからなのである。

挫折したことのない人は弱い

世の中でエリートと呼ばれる人たちがいる。最近の出来事で典型的なのは、財務省の役人を見るとよくわかる。辞任した事務次官や、財務局長など、彼等《かれら》はエリート中のエリートである。ほとんどが東大法学部卒で、役人の中でも財務省は特別優秀な人の集まりである。その中でも事務次官になるのは同期中たった一人。他の人は優秀な順に局長になったら、外部の重要なポストに天下りする。彼等の国会答弁を聞いていると気の毒になる。言いたいことは山ほどあるだろうに、知らぬ存ぜぬ。内閣秘書官も同じこと。「私の記憶に残っているところでは……」などなど必死のいいわけをする。冷静に見ていれば、どちらが正しいかはわかる。国民は馬鹿ではない。うすうす感じていたことが本当だったということはハナからわかっている。

それなのによほどの証拠がそろわないとそうだとは言わない。みっともないを通りこして哀れさを感じてしまう。どうしてわかりきった嘘《うそ》をつき通さなければいけないのだろう。

私はＪＫＡの会長であったとき、経産省のエリートとつきあう機会が何度もあった。そのとき、言葉に対する感覚が私たちもの書きと全く違うことを教えられた。

私たちもの書きはいつも自分の感覚や考えにぴったりした言葉を探しているが、彼等は出来るだけどうとでもとれ、解釈出来る言葉を探すのだという。

親しくなった課長が教えてくれた。言い方を換えれば、言いのがれが出来る言葉を見つける才能が必要なのだと。

法律を作るにあたっては言葉の流用性がわかっていなければならないのだと。

私はそれまで法律とは厳格なものだと思っていたが、それ以後、考えを変える必要性を感じるようになった。

国会答弁でなんとかその場を言いのがれる態度は美しくないどころか醜さの極みだ。彼等は誰のために言いのがれをしているのか。決して国民のためではない。政治家のためなのだ。それもある種の権力を持った政治家のために、必死の奉仕をしているのだ。官僚とはそうしたものだったのだろうか。国民に奉仕すべき立場にありながら、力のある政治家を気にする。

私がJKA会長だったとき、突然、経産省の局長室に呼び出されたことがあった。その人は人間的にはよく出来た人物で信頼があったが、ある政治家から競輪関連の噂《うわさ》について諮問があったので、すぐ調べて欲しいという。私は直接その競輪場の責任者に確かめて、それが噂にすぎないことを知った。

局長に報告するとほっとした様子だったが、政治家から何か言われるといかに慌てふためくか、信頼していた人だけにびっくりした。官僚は政治家に何か言われることに一番びびるのだ。政治家は国民の代表だからというと筋が通っているようだが、実は、権力を持つ者に顔が向いていて、国民になど顔が向いていないことを如実に知らされた。

国会に出てくる官僚が、おどおどしてミスを犯さないことだけに気を遣っているように見えるのは当然である。それに比べて、前川喜平《きへい》元文科事務次官のなんと堂々としていたことか。覚悟を決め真実を明らかにすると決めたときこそ、本来の優秀さが裏付けになる。

彼は真実を明らかにすることで挫折しただろうか。むしろ使命につき動かされていたに違いない。それに比べて答弁でボロを出さぬことに汲々《きゅうきゅう》としている人たちの心の中にはどんなに挫折が積み重なっていることだろう。

子供のときから頭がよく、受験の苦労もなく、スイスイと省庁や大企業に就職した人たちには他人の心がわからない。想像力に欠け思いやりがない。エリートのまま大人になって初めて挫折すると、意外にもろく崩れてしまう。

第二章　抗えない挫折と「身から出た」挫折

結核と敗戦——同時期に訪れた不可抗力の挫折

ピンポン台の上で過ごした幼少期

私自身の挫折を振り返ってみたい。大きく分けて挫折には二種類あって、その両方を体験した。

一つは不可抗力による挫折、もう一つは自分が原因である挫折である。不可抗力による挫折には、災難や病気がある。自分が原因の挫折は、自分が原因であるから自分で引き受けるしかないし、その結果は自分に戻ってくる。責任をとるのは自分だ。しかし不可抗力の災難や病気については、自分が引き起こしたものではないだけに、責任のとりようがなく理不尽な思いを抱かざるを得ない。

私の場合は小学校二年から三年にかけて、襲いかかってきた。学校で行われたツベルクリン反応で陽性になり、病院に行ったら、初期の結核であることがわかり、肺門淋巴腺炎《はいもんリンパせんえん》と告げられた。当時、結核は珍しいことではなかったが、特効薬もないだけに、栄養をとって安静にして寝ているほかなく学校は休まねばならなくなった。

母は相当ショックだったらしい。前夫を結核で七年間の看病の末亡くしているので、再婚した相手との間に「どうしても女の子が欲しい」という希望通りに出来た私がやはり結核にかかったことに、因縁を感じたのかもしれない。最愛の者を再び結核に奪われる恐怖があっても当然だろう。

私自身は、常に微熱があって、その微《かす》かな熱の中に浮かんでいる状態がそれほどいやではなかったが……。

学校に行けないことが寂しいとは思わなかった。戦争が激しくなり、日本の優勢がいくら報道されても、本土への爆撃がいつ何時《なんどき》起こるかわからない状態で、学童疎開が行われつつあった。父が軍人で大阪府八尾《やお》市にある陸軍の大正飛行場勤務だったために、将校住宅のある柏原《かしわら》市に住み、そこの小学校へ通ったのだが、都市部の学校は先生がついて生徒たちが集団で疎開する。私は体が弱いために、参加出来ず、自宅療養。空襲警報が鳴るたびに前庭に掘った防空壕《ぼうくうごう》の階段を下りる。

湿気のある壕の中は人いきれで息苦しく、ますます病は悪くなる気がする。盆の上には、粉薬とコップの水。ただの気休めのためのものでしかないが。

いよいよ我が家も疎開することになり、奈良県の国宝「信貴山縁起《しぎさんえんぎ》」で名高い朝護孫子寺《ちょうごそんしじ》のある山上へ。信者たちのための多くの塔頭《たっちゅう》や旅館の中で、老舗《しにせ》旅館の一つ、三楽荘《さんらくそう》へ行くことになる。本館ではなく芝生と池のある庭に面した離れに縁故疎開し、八畳一室が私の病室と決められた。いわば隔離である。家にあったピンポン台をベッドがわりにその上に布団を敷き、毎日朝昼三時夜と、熱計のグラフをつける。その離れは、トイレにも畳敷きの四畳半がついた、宮様が泊まるために造られたという凝った建物だった。二日に一度、向かいの柿本家旅館を借り上げた陸軍病院の軍医が軍曹を連れて診察に来る。そのたびにヤトコニンという薬の注射。私の上腕をゴムでしばって血管を浮き立たせて注射する。血管に吸い込まれていく液体がなくなるまでじっと見ていた。

地方の分校に一日通ったが、男の子に蛇を持って追いかけられて二度と行かなくなって以来、同年代の友達は一人もいない。

寂しくも悲しくもなく、むしろ一人でいることにほっとしていた。一緒に疎開した父の書物（芥川龍之介や太宰治、夏目漱石《そうせき》、宮沢賢治）や画家志望だった父の持物だった泰西の名画集を一枚一枚めくるときめき。字は全部読めないまでも、様々な妄想をかり立て、想像の世界に遊ぶ。

熱のあるときは、胃壁のような無数のひだが襲ってきては、次に白鷺《しらさぎ》に似た映像が、交互に現れた。天井板の節目の天候による変化。白い糸を見事な網に仕上げる蜘蛛《くも》の存在にも退屈することがなかった。

本当は同じ位の子供同士で遊んで成長する時期、私は一人だった。私一人が先に大人の世界に足を踏み入れる優越感。いつ治るとも、この先どの位かかるかもわからぬ病を挫折ととらえないことがせめてもの抵抗だった。

軍人の娘として敗戦を迎える

もう一つの不可抗力は敗戦だった。

これは私一人ではなく、日本人全員にのしかかった大きな挫折であった。それまで日本は幸運にも戦争に敗けたことがなかった。江戸時代の鎖国を経て、明治になって列強と肩を並べたかに見えた。明治以前にも蒙古《もうこ》の襲来など攻められたことはあったが、神風とやらが吹き、蒙古軍は逃げ帰ってしまった。

明治になって開国してからも、日露戦争では、幸運にもその日の天候やらロシア軍の航路のおかげで勝ち、ほどよい所で終わったおかげで、あまり傷つかずにすんだ。やめ時を知っていたのだ。

太平洋戦争ではそのやめ時を誤った。真珠湾への奇襲の成功に乗って、いけいけどんどん、兵器も物資も少ない中、ミッドウェー海戦で戦況が反転しても国民の多くは勝利を疑わなかった。本土への爆撃が激しくなり、沖縄戦をはじめ東京大空襲や一九四五年八月十四日まで続く大阪大空襲、各地への爆撃が日常になり、特攻隊をはじめ多くの人々が戦場で、あるいは国内で犠牲になった。これが挫折でなくて何だろう。それも軍部の指揮のもとに本当のことは国民には知らされなかった。刃向かうことは誰も出来なかったのだ。

そして原爆をヒロシマ、ナガサキに落とされ、八月十五日敗戦。国民一人一人が挫折感に苛まれた。

私の場合、軍人の娘という環境で、二重の挫折感を味わわざるを得なかった。

敗戦の日のことは様々な人が記しているし、ラジオの前でよそゆきのモンペをはいた母と共に、兄と私が正座して玉音放送を聞いたことは憶《おぼ》えていても、ラジオから流れる終戦の詔勅もよくわからなかったし、子供の身にとってはこれからどうなっていくのかという不安などは実感として持つことはなかった。

むしろ数日後、父が大きなリュックを背負って私たちの疎開先に戻ってきてからのことの方が忘れることが出来ない。

大きな芝生の庭に続いて池がひろがり、朱色の橋がかかっている。その向こうの山に信貴山朝護孫子寺があり、長い参道が続いていた。

後ろ姿を見せて、父はリュックから手品のように次々と書類を取り出しては焼いていた。どの位続いただろうか。私は、私の部屋に続く縁側からじっと眺めていた。父が去った焼け跡で見つけた一枚の紙には赤い罫《けい》があり、どの紙も同様の大きさだったところを見ると、軍の機密書類だったらしい。黒ずんだ焼け跡の上を無数の赤トンボが舞っていた。

その日を機に敗戦による私の挫折の日々がはじまった。もはや誰も私を病人だからと特別扱いしなくなった。そんな余裕はなくなったのである。

母は毎日忙《せわ》し気に出かけていった。上越の地主の娘だった彼女は着物が趣味で数多くの上等な着物を持っていた。前夫との結婚式に八日間毎日着替えた打ち掛け八枚をはじめとして、私に残す三枚以外、みな土地の農家へ持っていって米やらの食べ物にかえてもらった。私の祖母手作りの内裏雛《だいりびな》をはじめとするお雛さまも知らぬ間に売られていた。

向かいの旅館から一日おきに来ていた軍医も軍曹もぱったり来なくなり、陸軍病院に入院していた白衣の兵士たちの姿もない。

母のために千代紙で手帳や箱を作ってくれた兵士、私を散歩に連れ出しては母に叱られていた私の気に入りの兵士も見かけない。

本館に疎開していた人の話では、三楽荘の持ち主の飼い犬であるドーベルマンが、兵士たちに殺されて食べられた跡があったとか。誰もが食べるだけで精一杯。私の家はエリート軍人の家庭から、一転して、戦争を起こした側の人間と人々からみなされ、父もまた落ちた偶像になっていく。

挫折がもたらした「極上の孤独」

いいことも悪いことも重なるものだ。

ある程度の間を置いて来てくれればいいものを、悪いことが次々起きると気丈でいようと思ってもめげてくる。挫折感に苛まれる。

私の場合、結核という病の上に敗戦が重なった。否応なくその渦の中にほんろうされ、もがきながらなんとか這い上がろうとする。挫折との戦いである。しかし病も、戦争も、私自身が引き起こしたことではないから、私に責任はない。だからといって逃げることは出来ない。そこから脱出すべく手を尽くさねばならない。

何で私ばかりと愚痴の一つも言いたくなるが、有り難いことに私の性格はおめでたく出来ている。挫折の中でも、挫折がなければ味わうことの出来ないものを楽しもうとする。一日一日、楽しみを見つけようとしていると、いつしか渦から脱出していた。

二年間の療養は決して簡単なものではない。しかし今思い出すと、いやな思い出はほとんどない。病院で血液検査をするたびに、左手の静脈は一日おきの注射で皮膚が固くなっていて針がなかなかささらないのには困ったが、他はむしろ贅沢《ぜいたく》な甘やかな思い出しかなかった。みなから大切にされ、自分の時間をたっぷり持つことの出来た「極上の孤独」、子供のときにそれを知ったことは、私の人生を豊かにしてくれた。

私は何か事が起きてもあまり驚かない。あのときと比べれば大したことはない。なるようにしかならないという諦観に似たものも、あの二年間で知ることが出来た。焦らなくなったという効用もある。焦ってみてもストレスがたまるだけである。

言葉を換えれば待つことを知ったということだろうか。病床から眺めている蜘蛛は、網を張ってその後、ひたすら獲物がかかるのを待っている。常に感覚をとぎすませ、網の揺れを少しでも察知すると、もう獲物のそばにいる。

私はその姿勢から学んだ。一つは自分から動くのではなく、自分を含む辺りに神経を張りめぐらせ、やがて来るものに耳をそばだてていると、何かがやってくるのがわかるのだ。二年間ただ寝ていただけでなく、私はカンを養っていた。だから今に至るまでやってくる足音が聞こえるし、その感覚を信じている。

これと決めた必要なものからは目を離さない。いつもじっと見られていると必ず向こうも気がつく。恋愛にしろ仕事にしろ、私は自分から働きかけない。売り込みもしたことはないし、一見、来るものを黙って受けているように見えるが、これはこれでけっこうエネルギーはいる。じっと目を離さず窺《うかが》って、来るまで待つ。徳川家康《いえやす》ではないが、「鳴くまで待とう　ほととぎす」。生来そうした性質ではなかったが、病気で二年も一人きりで寝ていたことが私の性格を変えた。

もう一つは常に自分と向き合うことを知ったことである。他に向き合う相手がいないのでやむを得ず自分を知ることに興味を持ち、自分を掘り下げ、自分を知る。そのことが外部とつながり合う唯一の方法だと知ったのだ。外とつきあうことでつながり合うのではなく、自分の中での悲しみ苦しみ、いやな面も目をそむけず見つめてやることで、他人の悲しみや苦しみを実感することが出来る。それが私の方法である。他への思いやりも出てくる。

体の状態にも敏感になり、ちょっとした変化も見逃さなくなった。少しおかしいと思うと決して無理をしない。睡眠は出来る限り八時間はとるし、病気にならないようにその前に手当てする。

健康に自信のある人は無理をしがちだが、あの二年間のように再び病に臥《ふ》したくはないと思うから気をつける。挫折から知らず知らず学んだことは大きい。

崩壊しかかった我が家

敗戦そのものより、敗戦後の暮らしの方がすさまじかった。街には進駐軍の米兵めあての「パンパン」と呼ばれる娼婦《しょうふ》が立ち、駅などでは傷病兵たちが白衣に松葉杖《まつばづえ》で募金のお願いをし、子供たちは「ギブミー　チョコレート」と言って、米兵の車を追いかけた。野坂昭如《あきゆき》さんの「火垂《ほた》るの墓」には、親を失った戦争孤児が描かれているし、「アメリカひじき」は、缶に入った紅茶をひじきだと思った当時の日本人が描かれている。食べ物がないことが一番の悲劇で、米はおろか小麦も、なんば粉という、とうもろこしの粉も配給制だったと思う。私がどうしても食べられなかったのがなんば粉のすいとんで、黄や紫のさつまいもなどは、まだましだった。母の実家にしばらく身を寄せたときの銀シャリの味と、すいかやまくわうりの美味《おい》しさは忘れられない。焼け跡に闇市が立ち、怪し気な肉や米兵の古着などが売られていた。

我が家は焼けなかったのでまだましだった。父が造幣局に天下りしたまではよかったが、公職追放になり、公の職につけなくなって収入の道は断たれた。私企業の職は得たが、武士の商法で何をしてもうまくいかず、父のイライラはつのるばかり。

もともと画家志望だったのが軍人の家の長男で諦めざるを得ず、陸軍幼年学校から士官学校へ。書斎をアトリエにして家に帰ると絵を描いていた。敗戦で職を失ったことは、画家を諦めたことに次ぐ二度目の挫折。ちょうど反抗期だった兄と父が取っ組み合いのけんかをし、事件の起きるのを恐れた母が東京の祖父母に兄を預かってもらうことにした。感情の起伏が激しく、一時期は戦争批判ともとれる言葉を吐いた父が、時代と共にまた軍人時代の考えに戻るのが許せず、私は一緒に食事もせず顔を合わせないように反抗の限りを尽くしていた。

不思議なことに結核は誰も面倒を見てくれなくなったら治ったらしく、学校に戻ることも出来た。それも全員疎開していたので一年も遅れず進級出来た。

多分に過保護病だったらしい。肋膜炎《ろくまくえん》の疑いで背中から水を抜くことさえ医者は考えていたというのに。ただし、体育の時間はすべて見学だった。

父が元軍人だというので、朝鮮半島出身の同級生からは目の敵《かたき》にされ、待ち伏せされるのが怖かったが、学校の行き帰りは近所の男の子が守ってくれた。何かというといじめの対象になったのである。

母が、進駐軍は元軍人の妻や娘を襲うという風聞を心配して、いざとなったら飲むべき白い薬包を見せられたりもした。後で聞いたら「青酸カリ」だったそうだが。

父がマントをひるがえして長靴をはいて、毎朝迎えの馬に乗っていく姿は、幼い日の憧れだったが、落ちた偶像になったことが悲しかった。兄は東京に去り、我が家は崩壊しかけていた。

大人たちは誰も信用出来なかった。父をはじめ戦争を賛美した人々も学校の先生も掌《てのひら》を返したように戦争批判をし、誰も責任をとらない。新聞をはじめマスコミもまた大本営発表に踊らされていたことをどこかに置き忘れたようだ。

教科書は墨で黒ぬりになり、子供たちは大人への不信感をどこへ向けていいかわからない。感じやすく病弱な少女にとってはそれが辛かった。しかも同じ家の中に軍人であった父という存在を抱えている環境の中で、それをどう自分の中に消化したらいいのか途方にくれた。

唯一の方法は大人を信じないことだった。身近な父母をはじめその人たちを批判して乗り越えていくしかない。敗戦に直面して外なる挫折に向き合って、ともかく一人立ちせねばならない。学校を終えたら自分一人は自分で食べさせ、自ら判断して選択して生きていく。個の基礎ともいうべきものが私の内部で育っていった。

「身から出た」挫折

一生に一度、他人の言葉に従った瞬間

私自身の挫折のうち、不可抗力によるものについてどう乗り切ったかを振り返ってみたが、それを受け容《い》れることで、私の個を作ることに役立ったということが出来る。

しかし、自分自身が原因で起きた挫折からはなかなか立ち直ることが出来なかった。原因がわかっているからこそ、自分を責める方向ばかりに目が行って、プラス思考になれなかった。目をそむけてはみても自分で責任をとるしかない。

それは、他人の意見に従って、自分で決断しなかったことが原因である。原因がはっき

りしているだけに辛かった。しかも私が小学生時代から、それだけはすまいと心に誓っていたことなのだ。

ＮＨＫでアナウンサーをしていた頃、私は焦っていた。物を書いて自己表現していきたいと願いながら、現実は厳しく、一人で食べていくためには就職しなければならない。活字関係の大手の新聞社や出版社は男性しか募集せず、女には機会すら与えられない。言葉を使うという意味で一番近いと思えた唯一のチャンス、アナウンサーに合格したのでＮＨＫに入ったが、十年経《た》つ前には辞めたかった。そこで足をとられ、翔《と》ぶ勇気をなくしてしまうかもしれなかったからだ。

思惑通りそのチャンスはやってきた。六年経った二十八歳のとき、民放で初めての女性キャスターによる昼の情報番組の司会にぜひと声がかかった。ＮＨＫという全国展開の媒体で顔を知られていて、姓が珍しいこともあって人様から憶えられていたせいもあろう。民放ははじまったばかりで歴史のない局も多く、男性の場合、ＮＨＫからの引き抜きは多かった。木島則夫《きじまのりお》、小川宏《ひろし》といった人々が引き抜かれ、女性ではＴＢＳで「女性専科」という帯番組をやるために野際陽子が第一号になった。そして私。野際さんは女優になるという夢があり、私の場合も本来の希望である物を書いて食べていくための手段であった。条件も、すべてこちらの言うことが通り、その手筈《てはず》で進行していた。

私にはわかっていた。今が翔ぶときだと。

そうしたカンは無類にいい。自分に問いかけ、常に何をしたいか、どう生きたいか考えていたから。

私の心自体は決まっているといってよかったが、唯一難関があった。その頃私は一生に一度という大恋愛中であった。運命的な出会いから黒い刺すような目に射貫《いぬ》かれ、近づいてはいけないいけないと自分に言いきかせながら、現実には、彼の前では意見すら言えない、いとおしいほど弱い私。いつもの、何でも自分で考える私はただ、うずくまって手も足も出ない。

それでも思い切ってさり気なく切り出した。

「民放から、独立してキャスターになる話があるんだけど……」

しばらく考えて翌日、彼はこう言った。

「母が反対している。ＮＨＫにいた方がいいって」

彼の母親の思いはよくわかっていた。コンサバティブな考えが気になっていた。音楽家の父母は離婚し、その才能を注目されていた彼が経済的に一家の大黒柱であることも知っていた。

私が民放の誘いを受ければ、契約金やギャラも今までとは大違い。ひょっとすると彼があんなに欲しがっていた楽器を買う一助になるかもしれないとまで思っていたのだが。実際彼自身はその話を面白がってはいたようだが、母親の言葉に勝てなかった。そして私にはその言葉をはねのける勇気もなかった。それほど惚れていた。自分のことよりただ一筋にその人の言葉に従うなどということが私に起こるとは思わなかった。

その時点で、彼も私もどこかで共に暮らすことを考えていたのだろうか。もっとも生活には向かず、自分一人は自分で一生食べさせると決めたはずの私が、一生に一度、他人の言葉に従った瞬間だった。

新番組で経験した「苦い失敗」

結果は惨憺《さんたん》たるものだった。自分で決断しなかったことは自分に戻ってくることを身をもって知ったのだった。

私はいったい何を恐れて決断しなかったのだろうか。たぶん、意識するしないにしろ、恋人に嫌われることを恐れたのだ。私が自分の意志に従って行動することによって相手の気持ちをそこねるかもしれないというおもんぱかり、最近流行《はや》っている言葉でいえば忖度《そんたく》したのだ。

忖度とは、相手の都合に合わせ、自分の意志を曲げて媚《こ》びることなのだ。媚びる、へつらうという言葉が一番嫌いなはずなのに、私は自分でも気づかぬうちに彼に媚びていた。

そして自分の意志に反して、翔ぶべき機会を逃していた。それを失えば、しばらくの間はあるとは思えぬ絶好のチャンスを。何と言って断ったのか、はっきりとは憶えていないのだが、今はどうしても辞められない理由があり、少し先にのばしたい、そんなところだったろうか。私にはすぐ決断出来ないことを先のばしにする悪い癖がある。

友人の一人は、答えたくないことについては「まあね」と言ってごまかすと怒っていたが、確かに決断を先のばしにするのは悪い癖だ。その間に、真上に来ていた太陽は通り過ぎてしまう。そしてだんだん斜めになって落ちていき、ついに日没となる。

日が没すると次に太陽が昇るのは、夜をはさんで時間がかかる。再び昇ることは間違いないが、一度没した今日を取り戻すことは出来ない。私は痛いほどそのことを思い知らされたのだ。

私が独立するかもしれないという噂は、それまでも出ていた。チーフアナに呼ばれて、真偽を確かめられ、正直に断ったと言った。

そのことがあってからだんだんＮＨＫにはいづらくなった。使う側にしてみても、辞めるかもしれない人間に大切な仕事をまかせられない。私はそれまで築きあげた人間関係をも崩しかけていた。

なにより私自身が腰が落ちつかなくなった。辞めるときは、「立つ鳥跡を濁さず」とすっきり行きたかったが、やりにくくなった。

その後、再びチャンスがやってきた。今度は、最初から自分で決めた通りに事を運んだはずだったが、私がメインというより、ＮＨＫから引き抜いた男女ペアで司会をするという形になってしまい、もう一つ気の乗らないものだった。ただ永六輔《えいろくすけ》さんが参加して、中継などで一緒に仕事が出来るということが救いだった。

永さんは構成者であり、演出家であり、共に仕事をする人を上手に生かす。NHKの女性アナを売り出した「ばらえてぃ　テレビファソラシド」も典型的な例である。

今度は恋人には相談しなかった。結果がわかっているのと、自分で決めなかったことへの後悔で、私自身が苛まれていたから。

そして朝の「木島則夫モーニングショー」に代わる番組がはじまった。

最初の日、永さんはスタジオの外から中継するはずだったが、画面に映ったとたん、「やーめた!」と言って引っ込んでしまった。メインの男性司会者と考えが違ったか、スタッフとうまくいかなかったか、永さんは筋を通す人である。

スタジオにいた私は呆然《ぼうぜん》とするばかり。そんなこんなでスタートからうまくいかず、ナマ番組なので収拾がつかない。ナマのCMもあったが、NHK育ちは媚びたりお願いするのが下手。もう一人の出演者、ばばこういちさんは硬派のジャーナリスト。

それぞれ個性ははっきりしていたが、はっきりしすぎでバラバラ。統一感がなく、お茶の間には全く合わない。特に私は生活感覚がなく、主婦向けではない。それを無理してやるものだからそらぞらしく、見事にコンビは失敗、番組も一年で終止符を打ったのである。

賢い女、馬鹿な女

そしてもう一つ、私が仕事の機を逃す原因になった恋愛もうまくいかなくなった。うまくいく選択をしたはずが、結果は徐々に悪い方に向いてきた。

相手ももう一歩煮え切らなかったが、私もどうしても踏み出すことが出来なかった。私には、生活をする自信がなかったからである。小学校二、三年で結核になり寝ていたことが尾を引き、母は私の体を心配するあまり、家の手伝いなどは一切させなかった。手を出そうとすると「やめなさい」と言われ、少しでも体に負担をかけないように育てられた。彼女自身も、元軍人の父が在職中は必ず住み込みのねえや、家事見習いの女性がいて、掃除、洗濯、料理の一部は自分でやる必要がなかった。

疎開先の奈良県の信貴山上までねえやはついてきていたが、戦争が激しくなったので故郷へ帰ってもらった。もっともその最後の女性は意地悪で、裏表があり、兄と私とで追放した面もあったのだが。

学校でも体育は見学、臨海学校にも行かず、いまだに泳げないし、自転車にも乗れない。練習中、ドブ川に落ち、その姿にいたく傷ついたので、練習をやめたのだ。苦手なことからは逃げ、得意なことしかしない癖がついた。

彼の家は男兄弟と母一人、その母が華やかで美しく、再婚話があってしばらく家を離れていた時期があった。その間、私は、何か家事を手伝おうと思う心だけはあっても手が動かなかった。

日頃やり馴《な》れていないから自信がなく、今なら笑いとばせることでも、完璧にやってみせないと気がすまないという多くの恋する女が陥るワナにはまって、地の自分からますます遠のいていく。

自分自身が窮屈でやり切れず、そんな私を観察されている気がして彼の家を訪れるのも辛かった。本来ならもっとも親しみを持ち合う時期だろうに。

「君は賢いね」としばしば彼は言った。情に流されずに、きちんと家に帰っていく私に不満があっても仕方ない。

そんな状況に馴れていこうとしていたある日、彼は言った。

「母が帰ってくるかもしれないよ。我儘《わがまま》な人だから続くわけがないと思っていた」

それが嬉《うれ》しそうでもあって、私は少し傷ついた。そして予言通り母親は帰ってきた。私のことは、可愛《かわい》がってはくれたが、もう一つ打ちとけなかった。

彼と一緒に行ったバーのママが「あら、お母さんと似ていらっしゃること！」と私に向かって言ったことがあるが、私自身は釈然としなかった。

一方で母親が帰ってきてほっとした部分もあった。このままいけば、私は流れに押されて彼と暮らすようになるのは目に見えている。そうすれば小学校三年で漠然と自分に誓った自分一人は自分で食べさせるという私なりの生き方はどうなるだろう。

今なら両立させる方法もあったろう。十分大人になった今なら知恵も働く。しかし純粋に惚れ切っていた私には、私が完全にサポートにまわることを彼が望んでいるとしか思えず、「あなた好みの女になりたい」と、奥村チヨの歌のように恋の奴隷になっていくことに手をこまねいているしかなかった。

その挙げ句、疲れ果て、本来の自分との戦いに傷ついてボロ切れのようになって別れることになるのは自明の理だった。

それでも懸けてみようとしない私は「賢い女」、言葉を換えれば馬鹿な女だった。一度位ぼろぼろになってみてもよかった。それでなければ人生の本当の味はわからない。それもわかっていながら、二度とない恋のチャンスを失っていく。私はいつも先が見えてしまう。そして今の自分を懸けることなく、自分が傷つかない方法を選んでいた。

自分への期待があるうちは生きられる

どっちつかずの状態に終止符を打ったのが、彼の留学であった。およそ一年の間、有名な先生につくためにスイスへ行くことになった。

そのときも一緒に来て欲しそうだったが、私の様子を見ていると言い出しがたかったのだろう。私は他人の思いに鈍感なところがある。そのために誤解もされ、他人の好意を素直に受け取れない。その私の悪い癖を仕事で何度か御一緒した大島渚《なぎさ》さんにどれほど叱られたことか。私はいつもしっかりと鎧《よろい》を身につけ他人に心の底をのぞかれないように戦々恐々としていた。

もっと素直に彼を信じてついていけば違う人生が開けたかもしれないのに、私の心の奥にある芯が拒絶した。そんな自分が好きではないのに、どこかで認めているから始末が悪い。

羽田空港から飛び立つスイス航空の機体は目の前にあった。当時は海外便はすべて羽田からである。多くの見送りの人の輪の中で彼は如才なく挨拶を交わし、母親はまるで主人公は自分であるかのように華やかに振る舞っていた。

人陰に隠れるように立っていた私の前に最後に来たとき、手にしていた菫《すみれ》の花束を渡し、「帰ってきてね」と言った。「当たり前だよ」と言って花束を振りながら機上の人となった。「前から五番目だよ」と言っていたので私は目を凝らして暗い窓を見つめていた。

すぐ葉書が来た。きっちりした字で滞在先を知らせてあった。本当は行きたかったが、仕事は否応なく押し寄せてくる。寂しさを忘れるために懸命に仕事をし、すぐには返事を出さなかった。どうしてだろう。今ならすぐ行動するのに、私の中に逡巡《しゅんじゅん》するものがあった。一種の恐れだった。休みを取って少しでも行けなくはないのに、行動出来なかった。その先にひろがる生活を見ておびえていた。

彼という人間を見ずにただ憧れ、その芸術に惚れていたのか。彼自身も決して恵まれていたとは言いがたく、弟が巻き込まれた事件や父親の病気のときも、その辛さを一緒に分かち合おうとしなかった。

私には、人間の弱さがわかっていなかった。

彼の才能や素敵な容姿に気をとられて、弱さを見ようとしなかった。それは私が弱いからだった。二人の弱さが倍増して戻ってくることが怖かったのか。なんとかたくなな奴《やっ》だったろうと自分自身に腹が立つ。

そして一年近く経ち、ある朝、地下鉄霞《かすみが》ケ関《せき》駅で降りて内《うちさいわいちょう》幸町のNHKに行こうとしたが、通い馴れた日比谷公園の道なのに細い道に入り込んで迷ってしまう。同じ頃、彼に出した手紙は滞在先の友人宅から戻ってきた。そのとき覚《さと》ったのだ。恋は終わったのだと。

十代の彼のファンがスイスまで追いかけていったようだ。

帰国してすぐ電話があり、ホテルオークラのロビーで待ち合わせ、彼は率直に言った。

「君と結婚しようと思っていた。だけど君は仕事をしていく人だ。そのことがよくわかった」

あまりに誠実で気が抜けるほどだった。欺《だま》されていたと思えればまだ心の持ち様はあったのに。我が家までタクシーで送られる間、フロントガラスを流れる雨に合わせて涙が流れた。音もなくその量は増えていった。

その夜まんじりともせず泣き明かしながらふと気づいた。明日の仕事を考えている自分に。まだ期待している。自分への期待があるうちは生きられる。

私は仕事に打ち込むことで、すべてを忘れ、彼との思い出の吹き出す場所にはすべて蓋をして足を運ばなかった。

新しくキャスターになった民放の仕事もすべてうまくいかず、私は挫折感の中でますます自分の殻にとじこもっていくことになる。それを周囲には覚られぬように、人づきあいを避ける時期がどの位続いたことか。十年では足りないだろう。

ある音楽家の挫折——孤独な鳥はなぜ翔べなかったのか

色褪《いろあ》せてしまった才能

兄弟は並んで一点を見つめている。世界地図が床に敷かれ、所々に日の丸の旗のついたマッチ棒が立っている。

「何をしているの?」

私は声をかけた。

「兄が演奏旅行に行った場所に印をつけてるんです。まだ数ヶ所だけれど、今に世界中の主な都市に日の丸が立ちます」

気のよさそうな弟は優しい目をしばたたかせながら答えた。本当に兄を尊敬しているのだろう。年齢は二十歳になったかならないか。大学生か仕事をしているのか。

電話で話したことはあるが、会うのは初めてである。兄弟の仲がよさそうなので安堵《あんど》した。私の大切な人である兄は、弟の気が弱くて、時々悪い友達の仲間に引きずり込まれそうになるのを案じていた。

兄は逆に若くして芸術家としてすでに名前が知られていて、その繊細な演奏とエキゾチックな風貌で、多くのファンをとりこにしていた。

私もその一人、国立の芸術大学の卒業演奏会で聴衆として古い奏楽堂の片隅に身を沈めて、その音と見る人を射貫かずにはおかない黒く刺すような目に魅入られていた。大学を出てアナウンサーになり、名古屋に転勤したとき、担当していた番組にゲストとして現れた彼と知り合い、東京に戻ったのを機にまたたくまに親しくなった。

当時は珍しかったマンションの彼の部屋を訪れた際に見た光景である。私の心の奥底に深く刻みつけられた……。

弟が信じ、夢見た世界制覇への軌道は、その頃、彼の前に敷かれていたと思う。私もそれを信じ、彼の周りの人々も期待していた。

すでにオーケストラと共にロシア、ヨーロッパをはじめ、東南アジアの各都市をまわり、そのたびに私の手許《てもと》にはお土産が増えていった。決して高いものではなかったが、ペンダント形の時計や塗りの小箱やアクセサリー、今でも私の手許にはそれ等が大切にしまわれている。

私も彼の弟と一緒になって、これから制覇すべき場所に印をつけた。兄はそれを途中まで熱心に見つめていたが、時折見せるとりつく島のない遠くを見る表情に変わっていた。

心ここにあらずといったその目付きを見るたび、私は不安になった。私の入り込めない別の世界に視線を漂わせ、そこに浸り切っている表情。たぶん、自分だけのイメージの中に遊んでいたのだろう。

これに似た表情を見たことがある。ベルリン・フィルのコンサートマスターを務める樫《かし》本大進《もとだいしん》が舞台で見せることがある。現実から離れて、違う世界に心を遊ばせる瞬間、その都度、私は置いていかれたような不安な気持ちになり、自分も同じ世界に遊びたいと何度思っただろう。

ある瞬間、現実を離れ、イメージの世界に遊ぶことの出来る人のみが持つ特権。彼にはそれがあると日本の誇る指揮者や作曲家が認めていた。

そのはずだった。あのまま自然に進んでいけば……。それなら私は喜んで置いてけぼりになることを受け容れただろう。

しかし、つまらない現実の中に埋没して、彼の才能は色褪せてしまった。私や彼の弟の抱いた夢も、世界地図を日の丸のついたマッチ棒で埋め尽くすこともなくなってしまった。なぜと問いかけたい。答えは、彼自身が一番わかっているだろう。彼自身の選択の結果だったからだ。

常に挑戦し続け、失敗を恐れず、世界に飛び出すのではなく、安全な道を選んだ結果であり、それは彼のコンサバティブな資質から来ていたといわざるを得ないのだ。

挫折を乗り越えた人、現実に埋没した人

彼と親しかった頃、一つの事件が起きた。彼がオーケストラの中心人物となって注目を浴びていた頃、世界の指揮者コンクールに入賞した若者が帰国してそのオケを指揮することになったのだが、練習の時間に遅れたせいか、オケの人々の気に障ったことがあったのか、若者が到着した会場に演奏すべき人々は現れなかったのだ。

原因は何か、真相はわからないが、マスコミが大きく取り上げ、その立場は辛かったと思う。

彼を支持する人々は、すっくと立って音楽のあるべき姿を主張した態度を称賛したが、逆の報道もあり、彼なりに悩んでいることが見てとれた。

そのときすでに、彼は、現実の雑事に引き込まれてしまう運命にあったように思う。私

が最初に射すくめられた黒い視線には何かがあった。不吉な何かが。そこにも惹かれたのだが、それが危険なものであることを私のカンは察知していた。

事件後、海外各地で修業を積んだ若者は、押しも押されもせぬ世界に名だたる指揮者になり、日本に凱旋《がいせん》した。

若者は挫折を乗り越え見事に実力を花開かせた。あの事件がなければどうだったか。違っていたかもしれない。今の栄光にも結びつかなかったかもしれない。挫折が人を強くする。才能を花開かせる。

一方を代表する彼はその後どうなったか。才能は多くの人が認めるところだったが、他人の恨みを買うことも多かったように思う。馬鹿のつくほどの芸術一辺倒であり、普段あまり喋《しゃべ》らず、もの静かにも見えたが、実際はどうだったのか。惚れすぎていて私はその本質を見ぬくことが出来なかったのかもしれない。

彼の芸術に対する態度は真摯であり誠実であり、才能の上に努力も並々ならぬものがあった。その上に並ぶもののない人気。それ等が、逆に足を引っぱられる原因になったかもしれない。

業界語で「ザーキ」と言葉を反対にいうことがあるが、気障《きざ》なほど気取っていると見えなくもなく、女性からは人気の的だったが、男性からはどうだったろう。

彼の両親は芸術家であったが、決して経済的に豊かというわけでなく、一家の支柱は若くして彼が担ってもいた。

恩師にも愛され、最年少で母校の教授として恩師の後を継ぐ。才能からいえば当然だし日本の教育者に一流の演奏家がつくことは必要であったろうが、世界で羽ばたく日を夢見ていた私や沢山のファンがいたことも事実なのだ。それにふさわしいものをすべて兼ねそなえていたのに。

私はがっかりした。かつて世界地図の上に立てたマッチ棒の日の丸は何だったのか。今のように日本人が世界で活躍することは難しかっただろうし、成功するとはいえなかっただろうが、どうして翔ぼうとせずに、安全な道を選んだのか。いみじくも、彼の友人でよき理解者だった指揮者が言っていた。

「彼の考えはコンサバティブだから」

恩師に忠実であり、母親にとってはよき息子であった。何かと戦い、反抗し、勝ち取っていくことは出来なかったかもしれない。家庭環境も大きかった。離婚して自由奔放で華やかな母、若くして彼が一家の支柱であり、恩師の後を継がざるを得なかったのかもしれぬ。しかし選んだのは彼自身なのだ。

不吉な予感

ある日、新聞を開くと飛び込んできた文字。忘れようとしても忘れられぬ名前がそこにあり、国立大学を巻き込んだスキャンダルを報じていた。

大学の学生が使う楽器にからんでの収賄事件。善い悪いは別にして、先生が自分の弟子に使うべき楽器を推薦するのは当たり前の世界であり、これが私立の大学ならば何の問題もなかったろう。国立大学は公費で成り立っているために、その隙をつかれたのだろう。

芸術の世界で作品を生み出したり、素晴らしい演奏を聴かせたりする人々は、概して世間に疎い。「〇〇馬鹿」と呼ばれるほど、己の道以外に関心がなく、足をすくわれたとしか思えない。

誰かからのたれ込みがあったのか、最初から企《たくら》まれたものだったのか。いずれにしろ隙があったことは否めない。

あれよあれよという間に事件は大きくなり、国会でも取り上げられ、挙げ句、逮捕という前代未聞の結末を迎えた。

裁判では様々な芸術論も戦わされ、教授である彼を擁護する側と批判する側とに分かれ、結局執行猶予つきの判決が言い渡された。

私は毎日胸を痛めながら、ハラハラしてあらゆる情報を読み、聞き漁《あさ》った。私自身にとっても看過出来るものではなかったからだ。

かつて私にとってもっとも大切だった人。その人の言葉に従って、私自身の選択をも誤った人のことを、いくら日が経ったからといって忘れられるわけはない。こんな形で、固く蓋をした過去が引きずりだされるとは夢にも思わなかった。

ふと浮かんだのが、もし私がそばにいれば、こんな破目にはならなかったという思いがけない気持ちだった。自分の中にそんな感情があったことに私は正直とまどっていた。

マスコミはこぞってこの問題を取り上げ、彼は控訴を考えたものの、今後の活動を考えて、執行猶予つきの判決を受け容れる形をとった。

どんなに悔しかったろうか。だが表面的には淡々と受け容れているかに見えた。彼の母親から聞いた話だが、釈放され帰宅したときも、いつもと変わらず、演奏会から戻ったときと同じだったという。私にはその様子が目に浮かぶ。イメージの世界に遊び、心ここにあらずというあの目をしていたに違いない。

けれども彼も生身の人間である。どんなにか辛く悔しい思いをしたことか。自分が関与したと自覚のないことで詰問され取り調べられ、しかし小なりといえど物証もあり、国家公務員としての責務も背負っていては逃げ道がない。

根強い陰謀論もあった。彼を当時の地位から追い落とすべく仕組まれていたという噂。何が真実かはわからない。すべては霧の中。しかし彼の側に悪魔のしのび寄る隙があったことは否めない。

かつての若い指揮者との軋轢《あつれき》にしても、なぜだか、彼のもっとも苦手とする現実の雑事に取り込まれてしまう運命にあることの不思議。人を刺すような視線の中に含まれている不吉な予感は的中した。

「へんな人とつきあってなくてよかったわね」

親しい友人に言われたのが私はショックだった。たとえどんな罪を犯そうと私にとっては青春であり大切な人だった。

芸術家仲間や支援者たちにはわかっていたが、残念なことに一般の人の受け取り方は違っていた。

翔べなかった孤独な鳥

いったいあの事件は何だったのか。

週刊誌や新聞のインタビューに、前出の指揮者は答えている。

「有能な才能を駄目にしただけ」

一人の稀有《けう》なる才能を摘みとってしまったことへの愛惜と友情が溢《あふ》れている。彼は当然大学を免職になり、海外での審査員などの仕事はあったものの、国内の演奏活動も制限された。

数年して、かつて演奏会を開いた大ホールで、彼を支援する人々やファンの後押しで演奏会が開かれた。復帰の演奏会でどんな演奏を聴かせるのか期待され、あるいは意地悪な目もあったと思う。私もささやかな応援の意をこめて花束を贈り、こっそり演奏を聴きに行った。誰にも見つからぬよう群衆の中にまぎれて。かつてはいつも彼が用意してくれた席で演奏を聴いたのだが。

ドキドキした。私自身が緊張していた。彼の緊張がそのままに伝わってきた。最初の音色、変化はない。安心した。得意な楽曲を無難にこなし、休憩をはさんで私は考え込んでいた。しかし何かが違う。正確であり、すすり泣くような音色も同じだが、何かが違う。酔えないのだ。聴く側の思い込みとも思うが、やはりそうではない。

休憩時間中あちこちでひそひそ話しあう声も聞こえたが、客席はほぼ満席だった。拍手も彼に対する応援を含めていつもより多い位だったが、何かが違ってしまっていた。

強いていえば、音楽の神様がいなくなってしまったのだ。あの出来事が原因なのはいうまでもない。しかし私をはじめ、彼を応援する人々は、あのスキャンダラスな事件を乗り越えてすっくと立つ彼を期待したのではなかったか。前にも増して悩みや苦しみを奥にたたえ、深みを増した演奏が聴けると思ったのではなかったか。技術的には変わらずとも、精神的に違っていた演奏。彼にとっては大挫折だったにしても、そんなものを吹き飛ばしてしまう実力、それこそが今後の彼を占う道である。

次の年もその次の年も、演奏会のあるたびに、私は花を贈り客席の片隅に身を潜め続けた。せめてもの私の青春への応援歌として。

彼は日本のマスコミを避けて、家族と共に一時外国で暮らしていたこともある。

ある時期から演奏会が途絶え、消息を聞くことが少なくなった。小さな音楽教室を開いているという話や、彼を中心とした音楽集団を作ったという噂もあった。しかし表舞台からは消えてしまった。

前出の指揮者と私は月一回会う機会があり、その都度消息を聞かせてくれた。私立の音楽大学の長になったことや私大の教授に迎えられたことも。

しかし私は、もしまた演奏会があったとしても聴きに行く情熱は失《う》せていた。悲しかった。なぜ彼はあの事件を乗り越えることが出来なかったのか。世事など知らぬ顔で、私にはついていけない遠い目をして自分の世界に遊ぶことが出来なかったのか。あの事件と共にその渦に巻き込まれて世間と同次元の人になってしまった気がした。

もともとそうした素地があったのだろうか。それでなければ高みに翔ぶ孤独な鳥であり続ければよい。

大学で同級生だった声楽家の女性はこう言った。

「彼の音は繊細でしょう。本当は弱いのだと思う。才能は素晴らしくとも虚勢を張って生きざるを得なかった……」

私には彼が世界に飛び出さずコンサバティブだった理由がわかった気がした。

第三章　挫折と他者

「他人から見た挫折」の罠《わな》――画家・水村《みずむら》喜《き》一郎《いちろう》氏

両腕を失った画家

長野県東御《とうみ》市にある小さな美術館。江戸時代の情緒ある宿場町、海野宿《うんのじゅく》の外れから、千《ち》曲川《くまがわ》に向かう道路沿いにそれはある。

「水村喜一郎美術館」

私はここに来るのが四度目である。仕事で、友達を連れて、海野宿の水路沿いにある福《ふく》嶋《しま》屋というそば屋で昼食をとり美術館へ、それが気に入りのコースだ。

休館日だったが私のインタビューのため、水村さんが迎えてくれた。

人懐こい笑みがひろがる、大きな骨格のはっきりした顔立ち。一見厳格にも見えるが、話しはじめると、とたんに「キイちゃん」になる。

立ち上がって絵の前を歩きはじめると、両腕の部分に風が吹く。肩から下の腕の部分がなびいて、その部分を支えるものが無いことがわかる。そう、彼には両腕が無いのだ。私はそのことを意識しない。たまたま彼には両腕が無いだけ。水村喜一郎という人は、腕があろうと無かろうとそこに厳然と存在している。

彼の立ち居振る舞いにも絵の中にもそれを感じさせるものが無い。なぜだろうと思っていた。

実際には絵は筆を口にくわえて描く。コーヒーを飲むのだって私の隣で直接カップに口をつけて飲む。障がいがわかるのだが、全くその感じは無い。普通、いやそれ以上に水村喜一郎という存在なのだ。

館内を入り口から順に見ていくと、小学生の頃に描いたクレヨン画、中でも昭和天皇を描いたものが出色だ。似ている。特徴が見事に出ており、それでいて天皇という立場を意識させない。水村さんの昔から親しいおじさんといった人間味が滲んでいる。この絵は、まだ両腕のあるときに描いた。

突然油絵に変わっているのは、腕を失って、クレヨンは口でくわえられないので筆になったことを表す。

モチーフは、下町の風景画が多い。川があり工場群があり駄菓子屋があり、煙突があり、空はどんよりしている。夕暮れ時の黄ばんだ空や川に映る夕焼け、どれもが郷愁を誘う。人の姿は無い。そういえば人物画は、先の天皇以外あまり見当たらない。なぜだろうか。奥の部屋に入ると、若い頃描いた月が二点。私は前からこのうちの一点を買って眺めていたいと思っている。今のところ竹紙絵の（作家の水上勉《みずかみつとむ》さんが自らすいた竹紙に描いた夕日）、小品を私の仕事場にかけている。

私にとっては馴染《なじ》みの薄い下町なのだが、水村さんの描いた下町の風景は深く胸の内に降りていき、今や私のふるさとのような錯覚を抱かせる。

水村さんを私に紹介してくれたのは、旧庄内藩主の酒井家の現当主に嫁いだ東京育ちの天美《あまみ》さん。私が愛してやまぬ、山形県松ヶ岡の堂々たる旧酒井家の蚕室の一部を使った画廊で初めて絵と対面し、東京青山の個展で初めて本人に引き合わされたのだった。

すでに画集を出し、天皇家から求められた絵も数枚ある。

絵を描きたい。一分も惜しんで描きたい。美術館に来た奥様らに、自分の育った下町の絵を説明し、

「このそばで両手を失ったんです」

と何気なく言ったら、「あら、悪いことを聞いたわね」とひそひそ話。そのことに水村さんは驚いた。そんな意識もなく言ったのに、一般の人は、「触れてはいけないこと、かわいそうに」と受け取っていることがショックだったという。

私はまさに正面からそのことに触れるために、その日訪れたのだった。両手を失うことが大きな挫折だったはずだと想像したからだった。

荒くれ者の巣窟に育ったガキ大将

挫折と聞いて、水村さんは色々考えてくれたらしい。

私が挫折だろうと思ったのは、やはり手を失ったことだった。外の人間から見たら、小学生のやんちゃな男の子が両腕を失うということは想像もつかないほどの挫折だったと思えたのだった。ところがどうもそうではないらしいということに、話をしていて気づいた。

そのためには、まずは、水村さんの生まれ育った環境から説明しなければならない。

生まれた家は墨田区の向島《むこうじま》の辺り、棟割長屋が並ぶ、荒くれ者が住まう所、いわゆる柄の悪い所だった。

父はとび職の親方。向島のとびの親方と聞いたらそれだけで普通の人は「ぶるってしまう」存在。父親のもとで働く若い衆には刑務所から出てきたばかりの人もいて、水村さんは彼等から様々なことを教わった。酔っぱらうとけんかばかり、みんな身におぼえがあるので過去には触れない。その頃水村さんはわんぱくで有名だったという。

長男なので当然とびの親方を継がせたくて、父は厳しく育てた。とびの親方は、頭《かしら》と呼ばれ、江戸一番の自慢の職業。町内ににらみをきかす男の中の男の仕事。近所の面倒もよくみる。

けんかと高い所へ登ることばっかり子供の頃からやらされ、学校の勉強をすると怒られた。

父に教えられたというよりもけんかと高い所へ登るのが好きなガキ大将で、長男だからとびの親方を継がせるためにという教育だった。

周りににらみをきかす、人をあごで使うということを、子供のときからやっていた。

下町の子供は公園など遊ぶ所が少ない。空き地もない。水村さんは小学校の裏の荒川放水路の泳いではいけない所で泳いだり、枯れ草に火をつけて消防車が来たら逃げ、東武鉄道のレールに大の字になって電車が近づいたら逃げということをやっていたという。

小学校の前に変電所があって、東京電力が工事の残土を運び入れた上が格好の遊び場、変電所もジャングルみたいで楽しい。

感電したときは冬の朝。高鬼という、高い所に登るとつかまらない鬼ごっこをよくしたが、水村少年はそこの鉄筋の建物の途中まで登ったときに二万二千ボルトの高圧線に触れて感電した。右手で触って左へ抜けたか、左手から右へ抜けたか、いつもそこで遊んでいたので危険だとは知らなかった。

気絶して触った前後の記憶は飛んでいた。

近所の人の話だと、天ぷら油の焦げるような臭いがして、両手が消し炭のようになっていたという。

救急病院では対処出来ず、慶應《けいおう》病院へ送られ、ずっとうわ言を言っていた。

気がつくとベッドの上、奇跡的に助かった。五ヶ月入院して、肩から下を切断した。

手が使えなくなったとわかったとき、水村さんは全然がっかりなどしなかった。

病院でも名物の少年で、かけずりまわっていて、看護師さんもよくしてくれたけど、かわいそうにと思われることはなかった。

人気者だった小学校に戻るとき、友達にどうやって振る舞ったらいいのかちょっと不安だったが、教室に入ったとたん「水村が来たぞ、わー」と大騒ぎ。凱旋将軍みたいで、先生たちはこれでわんぱくな水村も静かになるだろうと思っていたら、そうじゃなかった。サッカー部でキャプテンもやったし、手伝いが必要なことはみな友達がやってくれて、「挫折はあまり感じないで乗り切ってきたんだと思いますね」。

手が無くなっても、子供たちの英雄

水村さんの話を聞いて、私は考え込んでしまった。挫折とは、他人からそう見えるかではなく、自分自身がそう感じるかどうかだ。

私たち外部の者から見たら、小学生で両腕を失うということは、手を使って何も出来なくなる大挫折である。

危険を知らず感電したのがいくら自業自得だといっても、そのショックははかり知れない。そこで人生を諦めてしまったとしても何の不思議もない。

しかしどうやら水村さんはそれが挫折だと感じなかったらしい。

その話を聞いて思ったのは、挫折とは、当人自身がどう思うかにかかっていて、はたから見ていて大挫折と思えることも、そうではないことがあるのかもしれないということだ。はたからの視線には、とんでもない事故や事件に巻き込まれたたいへんな人へのいたわりというよりも、かわいそうにといった感情が入っているかもしれない。一段上から挫折した人を見る優越感もまざっているかもしれない。

水村さんの話を聞いて、私は反省した。私もひょっとしたらそういう感覚で感電事故をとらえていたかもしれない。

そして、それを乗り越え、自分に打ち勝って画家の道を歩んできたのだというストーリーを勝手にでっちあげていたことに気づいたのだった。

世間の人々はそうやって挫折を決めつける。

挫折はその人個人の内的なものなのに、外側から決めつけられる。そのことがいやで、そう思われることが納得出来ずに、人は挫折するのかもしれない。

水村さんの態度は、外部の思惑をひっくり返すほどあっけらかんと堂々としていた。それはガキ大将だったときとあまり変わってはいない。

手が無くなっても、彼は子供たちの英雄だった。

ただ向島のとびの親方の息子として跡を継ぎ、立派なとび職になることだけは叶《かな》わなくなった。

冬場でも肩に半てんをはおり、雪駄《せった》をはいて、粋な江戸の伝統を継ぐとびの仕事はかっこよく、水村さん自身も「手があったら、たぶん、とびの親方になっていたと思いますよ」。

ところがそれが出来なくなって、母親が心配して養護学校へ寄宿させることにした。そこで素晴らしい先生たちとの出会いがあって、大好きだった絵を生業《なりわい》とすることに目覚めた。筆を口にくわえて描くのだからクレヨンではなく油絵。もともと父に見つかると叱られるのでふとんの中で夜中に描いていた絵。水村さんはそこに自己表現の手段を見つけてのめりこんでいく。

「手があったら絵描きになっていなかったと思う。両手を無くして初めて、画家になると決意した」

　ということは、手を失って初めて画家としての才能が花開いた。手があったら水村喜一郎という画家は存在しなかったわけだ。私たちも郷愁という心の奥を揺さぶられる絵には出会わなかったのだ。

　彼の絵は、大きな挫折を乗り越えて、努力し這い上がることで培われたものではない。

「手が無くなったことは、失敗でも挫折でもなくごく当たり前」

　手が無くなって悲しかったのは、好きな女性が出来て、その親から交際を反対されたこと位だという。今は奥さんと長男、九十二歳になる母親と、沢山の友達に囲まれている。

　東御市に美術館が出来て、そこで描こうと思ったら、次々と人が来て描けない。自宅のある千葉県鴨川《かもがわ》市に住んで、長野県と半々の生活を送っている。エッセイも素晴らしいので本にすることをすすめたら「そのひまがあったら絵を描きますよ」。

夕焼けが似合う町を二人で歩く

　冬の終わりだったか春の初めだったか、ともかくまだ寒い時期であった。私は水村さんと二人で下町の、私にとっては馴染みのない場所を歩いていた。

十数年前のことだと思う。なぜ私が水村さんと二人だけでそこへ行ったのか、どこで待ち合わせてなぜ出かけることになったのか、いくら考えてもわからない。

水村さんの故郷だから、墨田区の向島の近く、彼のいう泥棒長屋などがある庶民の町。とびの親方が肩で風を切って歩いていた場所。喜一郎少年が、ガキ大将として仲間の少年たちを仕切っていた場所。

彼の絵を見るうちに、そのモデルとなった町をどうしても見たくなったのだ。私は転勤族の娘として育ち、祖父母の家が東京にあったが、いわゆる山の手で、下町の情緒溢れる町とは縁が無かった。

あの人間味のある郷愁を感じさせる故郷はどこにあるのか。たぶん、私から、絵の故郷に行ってみたいと言ったことは間違いなさそうだ。

水村さんに聞いてもわからない。いつ、なぜ、二人で行く約束が出来たのか、そんなに親しかったわけではない。青山の個展を見にいったときか、その後連絡をとりあったのか、それなら憶えているはずだ。私は自分が行きたいと思った場所での顚末《てんまつ》はよく憶えている。

それなのに二人共いくら考えてもわからない。

ともかく二人で、私にとっては見知らぬ町を歩いていた。水村さんにとっては忘れられない故郷。「こっちが〇〇ちゃんの家」「その隣が……」という具合に、一軒一軒説明してくれる。水村さんの少年時代から時を経て、彼の話の中にある無頼な印象や職人たちの仕事を引きずった暮らしというよりも、みな家々は小ぎれいになってはいたが、昔ながらの長屋が見当たらないわけではない。

水を得た魚のように水村さんの説明は続く。小学校や感電した場所へも行ったのか行かなかったのか記憶がさだかではない。

両肩から手の無い水村さんが先を行く。肩の辺りから袖を風にそよがせ、勝手知ったる町を案内してくれる。

小路に入り角を曲がり野良猫に挨拶して、結局誰にも出会わなかった。冬の日は早くも落ちかけて空が夕焼けている。

「下町に夕焼けは似合うんですよ」

原色の工場や澱《よど》んだ塀が一瞬華やかになる夕刻、私は夕焼けが好きなのだ。

どこでどうやって別れたのか、それもさだかではない。風のように現れて、水村さんは風のように去っていった。懐かしい人なのだ。

その後、講演を頼まれたり、画集の出版記念会に顔を出して挨拶したり、会う機会が多いわけではないけど、親しい友人になった。

出版記念会が銀座近辺で行われたとき、現れた人々を見て驚いた。みんな「キイちゃん」と呼ぶ幼馴染みだから、彼の武勇伝を知っている。

今は美術館を持ち、美智子《みちこ》上皇后がお買い上げになる画家となっても、昔と全く変わらない。仲間とはガキ大将と子分の関係が続いており、よそ者の私などはとても入り込む余地が無い。

自宅とアトリエのある鴨川近くの漁師や飲み仲間も来ていた。

この日も、流れて飲みに行くことだろう。そのときはもう、昔のとびの親方の息子に戻っているのだろう。

水村さんは挫折を乗り越えたのでも、挫折で変わったのでもない。第一、あの大事故を挫折ととらえていないのだから。だがそれが人生の転機になったことは間違いない。あの事故で両腕を失ったからこそ画家という眠っていた才能をのばすことが出来たのである。

「社会」が障がいを挫折にする――ラジオパーソナリティ・広沢里枝子《りえこ》氏

「最後の瞽女《ごぜ》」との出会い

広沢里枝子さんと知り合って、十七年になる。民放連のラジオ番組の審査会場だった。私は審査員の一人で信越放送の「里枝子の窓」を最優秀賞に推していた。

盲目の広沢さんが盲導犬と共に歩いて感じたことなど、様々な日常をエッセイ風に語り、その美しい凛とした声と共に忘れがたい番組であった。

休憩時間にトイレで偶然出会った。盲導犬を連れていたからすぐにわかった。

声をかけたのは、私。

「広沢さんですか」「そうです」「私、下重暁子といいます。番組を聴かせていただきました」「あ、下重さん？ あの『鋼《はがね》の女《ひと》 最後の瞽女・小林ハル』をお書きになった……私、読ませていただきました」

なんと彼女は、私が盲目の瞽女・小林ハルの一生を描いた本をすでに読んでいてくれた。傍らには、番組のプロデューサーで広沢さんを見出《みいだ》した岩崎信子《のぶこ》さんがついていた。

「ハルさんに会いませんか？」

言葉が先に出ていた。どうしてもこの芯が強く感受性豊かな彼女をハルさんに会わせたい。ハルさんはすでに百歳を過ぎている。時間は限られている。

小林ハル。一九〇〇年生まれ。生まれて間もなく失明し、病弱な母は自分亡き後のハルさんの行く末を案じて、瞽女という盲目の女旅芸人として自立させることを考える。母は料理、縫い物、身のまわりのことを自分一人で出来るよう仕込み、瞽女の親方のもとで厳しい修業を積ませる。三味線と唄の稽古。真冬の信濃川《しなのがわ》の土手に立ち、地声を潰してから出す寒声《かんごえ》。

生まれてしばらくは座敷の一間に閉じ込められていたが、旅にそなえる間、外で近所の子と遊んだときに赤い椿《つばき》を拾ってこいと言われても白い花を拾ってしまう。そのとき初めてハルさんは、自分は目が見えず、他の人とは違うことを知る。

「次の世は虫になっても」目が見えて欲しいと願うが、現実は厳しく、九歳から親方に連れられて旅に出る。少し目の見える手引きを先頭に、親方、姉弟子と共に三、四人が一組になり、徒歩で東北や関東など馴染みの宿（土地の有力者、庄屋や地主の家）に滞在し、近隣の人々を集めて唄や物語を聴かせる。テレビやラジオが無い時代、数少ない娯楽であり、旅で知った事柄を伝えるニュースの伝播者《でんぱしゃ》でもあった。

その当時、新潟県の高田（現・上越市）と長岡に瞽女の組織が残り、私の母の里、高田の高田瞽女、杉本キクイ一家は地主だった母の家を毎年訪れていた。その縁で長岡瞽女の小林ハルさんを知り、その気骨と意志に貫かれた一生を辿《たど》りたいと四年近くかかって書いたノンフィクションが『鋼の女　最後の瞽女・小林ハル』（集英社文庫）である。地の底を這うような暮らし、筆舌に尽くしがたい辛い人生の中で「いい人と歩けば祭り、悪い人と歩けば修業」と自分に言いきかせ、年を重ね老人ホームに入ったとき、東京からその唄を聴きに来た白洲正子《しらすまさこ》、洲之内徹《すのうちとおる》など感銘を受けた人々によって世に知られ、重要無形文化財保持者に認定される。

雨の日も風の日も北越の彼女のもとを訪れ、唄とその人柄に感銘を受け、「おばあちゃん」と呼んで心服していた私は、まだ若いが同じ盲目という宿命を負った広沢里枝子さんにどうしてもハルさんの存命中に会って欲しかった。

それから間もなく、岩崎さんと広沢さんは盲導犬ともどもハルさんのもとをはるばる訪れた。そのときハルさん百二歳、もう唄わないと言っていたのに、広沢さんのために唄ったという。

その唄に深く感動した広沢さんは、子供の頃、自立させようと母が厳しく習わせた三味線を生かし、百五歳でハルさんが亡くなってから、瞽女唄を伝承した萱森《かやもり》直子さんに弟子入りした。これこそ自分の求めていたものと打ち込む姿を見ると、私をはさんで生まれたハルさんとの不思議な縁を感じてしまう。

自分の生き方は自分で決めたい

広沢さんが完全に失明するまでには長い行程があった。

夜、父が名前を呼ぶと「パパ!」とまっすぐ歩いてきて池を突っ切って落ちた。七歳で進行性の網膜色素変性症と診断された。網膜の細胞に異常が生じ、長い時間かかって見えなくなる。今の医療では治す方法がないと言われた。

視野が狭く、親指と人指し指で輪を作った位の大きさからだんだん狭くなり、五円玉の穴からのぞく位まで狭まってしまった。夜盲症で夜は見えない。色覚障がいで色の区別もつきにくい。

小学一年生のとき、「この子ちょっと目が悪いので」と先生に母親が頼んで前の席へ。二年生のとき、色々な病院で可能性を探るがどこでも「難しいね」と言われ、やっぱり駄目なのだと覚る。

子供だから家族の心配する様子を見て何かたいへんなことが起きているというほどの理解だったが、自身で怖いと感じたのは、母が担任の先生に呼ばれて、目が悪くて他の生徒についていけない、休み時間も遊べない、優秀そうに見えたけど「見かけ倒しでした」と言われたときだった。将来のために盲学校に行って欲しいという先生の言葉に、母は、弟と一緒に普通校で教育したいと答える。

両親は子供の意思を尊重する教育で、父に「どうする」と聞かれて、家族や、みんなと離れたくない一心で、「見えないから出来ない」とは言わないと約束した。以来、「不自由です」とか「協力してください」とか、高校に入るまで一切言わなかった。言ったら学校にはいられなくなると思ったから。

「日本って長い間分離社会だったと思います。特別な教育を障がいのある子供にはしてあげましょうって。そのかわり普通の子とは離れたところで生きていくことになりますよっていう」

里枝子さんの母は、病名が確定してから変わった。いつも長い髪を結ってくれて、可愛いワンピースを着せてくれたのが、床屋さんに連れていかれて結う必要のないショートカットに。学校の道具も自分で用意したものを母が全部確認する。男に頼る人生はこの子にはない。自立させなくちゃいけないと。

みなと同じに並べない。大縄跳びの順番が回ってきても中へ入れない。迷子になったり転んだりするので、休み時間は教室で学級文庫を読んで過ごす。視野の真ん中は見えたので、いつも独りで物語を読んだり書いたりしていた。

三年生のとき父がコンクリート会社の工場長になり転勤で秩父《ちちぶ》郡の皆野町《みなのまち》に。小さな学校でみんな仲よく、遠足にもドッジボールにも参加。暗くなると誰かが手をひいてくれてのびのびと暮らせた。六年生の二学期までには自分の意見も言うようになり、周りの人の協力があれば幸せに暮らせることを知る。

四年生になって三味線の稽古をはじめた。経済的自立をさせるため邦楽の世界、特に三味線なら師匠として生きられるかもしれないと母が考えたのだ。秩父市の元芸者で三味線も唄もうまく人柄も立派な先生に母が惚れ込み、土日以外毎日電車で稽古に通う。駅まで歩いて三十分、そこから電車で三十分、更に三十分歩いて毎晩八時過ぎまで。学校から帰るとすべて母が準備してついてくる。母が決めた道に従う、本当にそれでいいのかという思いがあった。

「母は一生懸命将来のことを考えてくれるけど、私には今なんですよ。今自分で生きる選択をしていきたい。三味線は私の決めたことではない。私にとっての自立は自己選択、自己決定、自分で責任を持って生きていくことが私の自立なんですよ」

十二歳の冬休み、ある人物に「治ります」と言われたという叔母のすすめで神奈川県の小田原へ。母の反対を押し切って転校した。学校では卑劣ないじめに。歩いていると足を出され転ぶ。鞄《かばん》の中味を捨てられる。叔母と一緒なので「間借りの人の娘」、つまり隠し子と呼ばれたり。中学になると男の子たちが胸を触ってくる。

最悪だったが折角自分で踏み出した一歩、箱根の函嶺白百合《かんれいしらゆり》学園高校の編入試験を受験して合格、厳しい寮の先生や友達に助けられ、福祉関係の学部のある長野大学に進むことが出来た。

「社会の障がい」という挫折

学園では、先生と友達に恵まれて人への信頼を取り戻すことが出来た。その頃から将来の進路を考えはじめた。先生が盲学校へ行って、見えない人にどんな進路があるのか聞いてくれると、「鍼灸《しんきゅう》、マッサージしかない」。才能があれば音楽の道があるが選ばれた人だけ。他の進路に進みたい人はどうするのかと聞くと、「それしかないんですから、いい年になれば諦めますよ」。

里枝子さんは、それを聞いて泣き崩れた。先生がご馳走《ちそう》してくれたランチのスープに涙で水たまりが出来た。

「あなたね、もし盲学校で聞いた話が本当だったら、何をやっても新しいじゃない？　何をやっても意味がある。思うことやりなさいよ。私は応援するわよ」

先生の言葉を聞いて気持ちが切り替わり、何をやってもこれからやることは挑戦なんだとどん底から這い上がることが出来た。

白百合で福祉関係に進む人は少なかったが、先生が「彼女のこれから進む道は、見えない人の道を開くことになるからやらせて欲しい」と学校側を説得してくれた。

すでに目は大分見えなくなっていて、小論文で入れる福祉学科を探して長野大学を受験した。もう罫線しか見えていない状態でも、やりぬいた。家庭的な温かい大学で、日当たりのいい明るい校舎だったのも助かった。

現在、里枝子さんは母校で点字などを教えている。二〇〇一年から受け持っている。

在学時、大学には障がいのある学生への支援がなくて、仲間を集めて「学内障がい者の要求を実現する会」を作ったら十人ほどのメンバーが集った。その中に親友や後に夫となる男性が居た。ギターを弾きバンドを作り、旅行も楽しんだが、いよいよ目が見えなくなり、不安や悩みも大きくなっていく。

「挫折といえば、大学時代、福祉でやっていきたいと思うけど見えない人というだけでどこにも就職先がないという現実にぶつかったとき。学内での障がい者運動でも全体を変えるのは無理だという行きづまりを感じた。みんな意気揚々と就職の道が見えていくのに、自分だけはどこに行っていいのかどこに行ったら生きられるのか……。社会的な障がいに直面したのです」

学生のときは先生も助けてくれるが、就職となると、見えない人は来てもらってもと、職安で履歴書も見てもらえず、自分のしてきたことを説明し、視覚障がいの人のため働きたいと言っても、履歴書の封を開けてさえくれない。

自分がどんな勉強をして、どう生きてきて、どんな意志を持っているのかは聞いてもらえず、「見えないという一点で駄目なんだと感じたとき、凄《すご》い差別を感じました」。

もう一つは結婚。当時つきあっていた今の夫は純朴で対等でいられる大事なパートナーだが、彼が父親に「結婚したい子がいるけど目の見えない子なんだ」と話したら激怒して、「どれほど苦労して育てたかわからぬ一人息子なのに、おっかさんをまた苦しめるのか！」と怒鳴られたという。

里枝子さんは彼の言葉にショックを受ける。私について一番知っているはずなのに、目の見えない子と結婚したいって言ったことに。口下手なのでうまく言えないにしろ、他にもっと言い方があっただろうと震えが止まらなく、自分が自立してからでないとこの人と結婚は出来ないと一時は別れた。

名古屋の点字図書館に行ったとき、館長で自身も目が不自由な先生に会い、この先生の下で学びたいと猛勉強して二ヶ月で点字をマスター、三年間働くことが出来た。

「今を一生懸命やって道が開けたら、また一歩進んでの繰り返し。福祉の勉強を生かす就職先もなく、一生共に暮らせたらいいと思っていた男性とも結婚には至らず、本当の意味で壁に激突したのはこのときだと思います」

障がいは受け容れるものではない

里枝子さんの挫折は、目の見えないことではない。確かに七歳で一生治らない、将来全く見えなくなると宣告を受けたが、家族、友人、先生たちに助けられてほとんど普通の生活をしてきた。彼女自身も今を精一杯生きてきた。自分の人生は自分で考え自分で選び自分で責任を持つと前を向いてきたのに、就職と結婚を前に行き止まりになった。社会に出る段階で社会の壁に立ちふさがれ、就職も結婚も出来ない。これは彼女自身の問題ではない。社会の問題なのだ。

「社会の障がい」と里枝子さんは言う。障がいのあるのは彼女ではなく社会なのだ。障がいを分離し隔離して逃げていたのは社会なのだ。

「突破出来たのは何ででしょうね。けっこう自分が強いんだと思います。自分が自分の意志で生きたいって思いが凄く強くて、諦められなかったのかもしれない」

名古屋に勤めて三年、彼とは遠距離でつきあい続けた。彼に結婚話が持ち上がり、「自分には好きな人がいてその人と結婚するから駄目だ」と言ったら、父に「前に話していた女《ひと》か」と聞かれ、そうだと答えたら「わかった」と言われた。

里枝子さんの両親は、やがて完全に見えなくなるから無理だと思い、広沢家に入ることは反対だった。二人で広沢の家に行ったとき、義父は、彼女のまっすぐな目を見て「そんなに愛してるだか?」と聞き、二人が「はい」と答えると「わかった。おっかさん、そういうことだ」。なんと格好いいセリフ! 「嫁だとは思わないで娘だと思って大事にするからうちにいただきたい」と、巨峰を持って里枝子さんの両親に挨拶に来た。両親もその言葉に感動して「わかりました」。

義父は苦労人で小学校しか出ていないが、独力で会社を起こしたような人だから人の気持ちがわかる。

「子供はな、里枝子、もし授かったらどんなことがあっても必ず産めよ」。遺伝を心配した里枝子さんの両親も了解し、里枝子さん自身も安心出来た。

義父はいつも里枝子さんの力になり、子育てにも協力。妊娠を知らせたときは親戚の前で「勘太郎月夜唄」を歌い踊って喜んだ。

現在、子供は二人、すでにお孫さんも生まれた。

しかし里枝子さんは出産の際に完全に失明。盲導犬を持つことになる。

「見えないってことは簡単なことじゃない。よく自己受容とか障がい受容とかいわれ、こういう段階を踏んで障がいを受容していくように、努力してリハビリしてこうやって社会に出ていくようにいわれるが、そんな簡単なことではないと思うんです」

障がい受容とはそこに含まれる意味合いによってはいやな言葉だ。諦めて受け容れていきなさい。それだけではいつまでも道は開けない。

里枝子さんはその都度挑戦してきた。完全に見えなくなり一人で歩けなくなっても、盲導犬を連れて歩こうというのが自立の第一歩になった。その頃は「犬お断り」の場所も多く、理解のなさに困っていたとき、信越放送のラジオの取材に訪れた岩崎信子さんからすすめられ、「里枝子の窓」をはじめて今年二〇一九年で二十八年。

見えない立場から街の人々に話をする。長野大学で後輩に点字を教える。カウンセラーとして障がいのある仲間と助け合う相談の仕事、講演活動もする。

「見えない経験、盲導犬と歩くことを中心にみんなに話しかけています。自分の人生を自分で大事にしようねって子供たちに話す。見えないことを逆に生かすことで生きてきました」

一歩ずつ自分で考え選んで進む。これが自分の人生なのだ。完全に私の考えと一致する。

そして今、広沢さんはまた新たな挑戦をしている。小林ハルさんに出会ったこともあり、瞽女唄を二ヶ月に一度新潟まで習いに通う。「難しいけれど私の中で本当に自分自身をバンっと表現出来るものを見つけた。義務ではなく最後に一番やりたい唄に辿り着いた」。

一度里枝子さんの「葛の葉子別れ」を聴いたことがある。心の奥から強く投げつけられる語りは、初めてハルさんの唄を聴いたときに似ていた。
盲導犬ジャスミンが私たちの話をずっとねそべって聞いていた。

第四章　挫折を通じて自らと向き合う

プロ中のプロは挫折と「潔く」向き合う――元競輪選手・中野浩一《こういち》氏

骨折などの事故が日常茶飯事の競技

前述したように約六年間、私はＪＫＡ（元・日本自転車振興会）の会長だったことがある。二〇〇五年から３・11のあった二〇一一年まで、当時は経済産業省の特殊法人だった。自転車に乗れない私が会長になるなど青天の霹靂《へきれき》だったが、長年、評議員のようなことをしていたので白羽の矢が立ったのだろう。

公営競技の競輪から上がってくるお金の使い道などを決める仕事だったが、当初、私は競輪選手といえば、中野浩一さんの名前しか知らなかった。多くの人たちがそうであったように。

なぜ中野浩一の名を知っているかといえば、自転車のトラック競技の世界選手権で十連覇という偉業をなしとげたからである。国内での競輪選手としての業績よりも世界での活躍の方が大きく報じられた。

会長を務める間、中野さんと交流が出来、様々な意見を聞き、毎年世界各地で行われる世界選手権に同行した。

彼は選手を引退し、解説者としてテレビやラジオで報道するのが仕事だったのだ。

「挫折」を考えたとき、身近で見聞きした競輪選手の怪我が頭に浮かんだ。ジャンが鳴って最後の追い込みに入った時点で六十〜七十キロ近いスピードが出て、接触すると折り重なって倒れ、肋骨《ろっこつ》や鎖骨の骨折など日常茶飯事、目の前で頭を打って亡くなった選手を見たこともある。

中野さんも世界初の十連覇がかかった世界選手権直前の練習中に大怪我をして、出場が危ぶまれた。

そのときの心境を聞いてみたかったのだ。

改めてインタビューしてみると、意外に知らないことが多い。

父も母も元競輪選手。女性の選手が初期には存在し、中野さんの生まれ故郷の久留米《くるめ》がある九州は、今でも競輪が盛んである。ただ祖父が学校の先生だったこともあって、浩一少年は、競輪よりも、大学に進み、高校まで続けてきた陸上競技の選手になることを漠然と夢見ていた。

高校三年で進路を考える際、肝心のインターハイに肉離れをして選手として出られなくなり、推薦枠で大学に入るにしても、企業に就職するにしても、時機を逸していた。「自転車にちょっと乗ってみんかい」という父の言葉に乗って地元の愛好会で練習でタイムを測ったら、「お前速い！」。

試しに二ヶ月必死で練習して、競輪学校の試験に挑んだら無事合格。三月卒業までの一年間、修善寺《しゅぜんじ》にある競輪学校でみっちりしごかれる。

私も会長時代、卒業式に列席したが、寄宿生活の規律の厳しさと練習の激しさは別世界である。朝の点呼、トレーニングから夜の就寝まで、まるで軍隊式である。

選手候補生は年齢もバラバラ。高校卒業以上だから、大学卒もいれば、就職してから来る人もいる。

競輪選手はプロになると地元の競輪場に所属して、全国のレースに出かける。当時から中野さんは、強いという噂が先行していた。父も中野光仁《みつひと》という選手なので「コウジンさんの息子が強いらしいよ」という噂があっという間に全国にひろまった。

そういうこともあって、自分には才能があるらしいとは感じていた。ただ、「何か俺、そんなにまだ強くないのに、そんなに言われたって困るよなあ」とは思いながら、「その人気というか周りの評価に近づきたいというのは常に考えていた。早く追いつきたい。競輪のタイトルを獲りたい。デビュー後すぐに新人王にはなっていましたが」。

競輪学校を卒業してデビューしたのが一九七五年。五月にデビューして翌年にはもう世界選手権自転車競技大会に日本から選ばれて出ることになった。

イタリアに行って、世界の強豪たちと戦って四位。

世界選では、競技種目としてのケイリンもあるが、中野さんが出たのはプロ・スクラッチ（現在はスプリント）という、二～四人で走る競技で、三本勝負（二本先取）で勝者を決める。

そして次の年、一九七七年ベネズエラで行われた同大会で一位。まだ競技用の自転車に乗りはじめて四年しか経っていなかった。

記録を目前にしての大事故

「僕はわりと怪我は少ない方だったと思います。回数からいうと。ちょっと目立ってますけど、世界選手権の前にやったのが」

スポーツ選手は怪我の少ないのも才能の一つといわれるが、十連覇のかかった直前に落車したときの怪我は酷《ひど》かった。

すでに九連覇していて、次の十連覇が世界中の注目を集めていた。日本では自転車競技がそれほど人気を集めていないが、欧米、特にヨーロッパではトラック競技を含め、ツールドフランスなどロードレース競技で強い選手や室内競技の選手も憧れの的、もっともかっこよく、女優など女性にモテることでもナンバーワンに近い。

そこへアジアから来た中野が、まだ当時は、プロアマ一緒ではなく、プロだけで戦うスプリントで十連覇目前というからただごとではない。今でも、ナカノの名を聞くと多くの人がサインを求め、選手の中には緊張で固まってしまう人もいる。

五月の二十日頃のこと、国内の競輪で優勝した後、練習を終えて帰ろうとしたときだった。「先輩、もう一回行きましょうよ」と言われて半分着替えたのを、もう一回靴をはき、パンツをはいて走った。

前方で接触し、落車しそうになっている選手を見て避けたつもりが、避けた方に落車した。「ワーッ、やった！」と思ったらそのまま落ちていき、肋骨五本の計七ヶ所。本人はあまり覚えていない。救急車に乗ったのと病院に行ったのは覚えていて、「今から開けますよという先生の言葉など、所々覚えている」。

肋骨は折れやすいのだが、折れた肋骨が肺に刺さると危険だといわれている。そのときの中野さんは気胸を起こし、心臓があるべき位置から一方に押されて、もう少し放っておいたらたぶん死んでしまうという状態。肺に穴を開けて空気を抜かねばならない。ドレーンという管を中に入れ、余分な空気を出す。そのために手術し、間一髪で助かった。

そこからようやく回復したところで、今度は練習中に他の選手が落車して中野さんの車に乗り上げて、ほとんど元に戻りつつあったのが、また怪我をして練習が出来なくなる。

それが七月終わり。その時点で九月の初めの世界選まで約一ヶ月。もう一回リハビリをやり直す。医者からは三ヶ月かかると宣告されるが、一ヶ月で治してみせる。骨は一ヶ月あればつくという確信があったからだ。

「基本的には治るのに必要なのは時間でしょうね。あと、治したいという気持ちの強さ」

ともかくその一心で病室に自転車を持ち込んで練習する。完璧には治っていないところへ、また、二度目の事故。国内で日本選手権を走るつもりがドクターストップがかかって、ともかく世界選に向けてまたトレーニングをして、なんとかなるだろうというところまでいって十連覇に臨む。

ともかく勝つ。いや勝たなきゃいけない。十連覇で世界選への出場は最後にしようと思っていたので色んな人が助けてくれて、それまでは自分でやらなきゃいけなかったことを、周りがマンツーマンでやってくれる。逆に自分だけの力じゃないので、その人たちの期待に応えなければならない。一生懸命やってくれているのに「やーめた」とは言えない。

「コーチとか監督の愛というのはもの凄いと思います。このとき初めて、色々な人の力があって勝てたんだなという実感があった。それまでは『オリンピックぐらい勝ってくるから』と平気で言ってたけど」

中野さんの自転車を作ってくれて、各地で共に戦ってくれた大阪のナガサワ・レーシング・サイクルの社長をはじめ、多くの人たちのおかげで選手は存在する。練習中はお互いにけんかをしながらも世界選手権の一戦に賭けて全力を集中する。

「選手はのせられるべきだと思うんですよ。何だかんだ『くそー、腹立つな』と思いながらも、うまくのせられる。のせる方は選手の性格を見ながら、おだてたり、けなしたり」

典型的なB型人間の中野さんはあまのじゃくだから、周りの気の遣い方も尋常ではなかったと思う。

風当たりの強かった選手生活

中野さんの自転車人生は異例ずくめである。まず学校を出て競輪選手になり、大きなレースで優勝などしてから世界選に出るのが普通だが、中野さんの場合は逆だった。新人王を獲ったところで、世界選の代表を選ぶための全日本プロ選手権に出てみろと言われて、そのまま選ばれた。長いつきあいだが、私ですら世界選手権の優勝が先で、国内の競輪で優勝を重ねるのが後だったことは、今回詳しく聞くまで知らなかった。

だから世間の風当たりが強く、日本では「何だあいつは。日本の競輪ではまだまだ」と、随分陰口も叩《たた》かれた。あまりにトントン拍子で、国内では先輩たちから足を引っぱられるし、地元でさえ総スカンを食う。よほど誰か助けてくれる人がいないと精神的に潰れてしまったかもしれない。そのとき「うちに来いや」と言ってくれた熊本の先輩に助けられた。競輪は六十になっても出来る職業といわれていて、実際に私が会長時、六十過ぎの選手もいた。周囲すべてが先輩という中で先に世界的に有名になった若造へのいじめや風当りは想像に難くない。おまけに中野さんは負けん気が強く、我が道を行くタイプ。

国内だけでなく、世界選で外国へ出かけても、自転車競技は欧米の自分たちのものと思っている選手やファンたちからのブーイングにも悩まされた。一回目に参加して四位になったときも、一緒に走った選手がこけて、自分は何もしていないのに大ブーイング。「お前、殺されるかもしれないぞ」とおどかされた。

一般的には十連覇直前の怪我が有名だが、中野さんにいわせれば、六連覇の方がたいへんだった。当時、六連覇が最高記録だったイギリスでの世界選手権。そのときも国内の競輪競技で落車して、そこから二ヶ月。調子もよくなかった。相手は前年五連覇したときにも戦って中野さんが勝ったカナダ人のシングルトン選手。前回の屈辱を晴らすべく、懸命に練習して来ていた。まず一回目、二人とも一緒に引っかかって落車。両方とも寄っているのでノーカウントの判定。再戦の一回目はシングルトンの勝ち。次は相手に逃げられないように追い込んで抜きに行ったら、向こうが腕を出して、その腕に引っかかり、外したくても外れず、この野郎と思ってポンと押したら向こう側へ落ちて、中野さんの勝ちの判定。ところがそのときのブーイングが酷い。カナダ人といってもイギリスでは地元みたいなものだ。負けないために一周回って勝ちをアピール。一対一になったところで次がんばらなきゃと思っていたら、右ひじ骨折でシングルトンが棄権。不戦勝になった。毎回真面目にきれいなレースをするといわれていた中野さんのどうしても納得出来ないレースがこの六連覇のときであった。

この後も勝ち続けて達成した十連覇によって、当時の首相からも表彰されるし、私たちもマスコミの報道でその偉業を知り、名前を覚えることになった。

本人も十連覇出来ると思っていたわけではないという。

「全然。どこまでいくかっていうのも考えたことがない。ただ年中行事みたいになって世界選に行くのが当たり前。その時期になると世界選の合宿がある。当然行くんだろ？　じゃ練習してっていう。メンバーに決まれば海外にタダで行けるし」

中野さんの場合は、世界選中心に一年のスケジュールが決まってくる。

「世界選はね、合宿やって、その合宿の練習だけで年間持っているといわれた方だから。集中的に練習やるのが意外と好きなタイプなんで、そこで練習して、調子を上げて、その貯金で年間を走ってもいいぐらいの。普段も練習はするけれど、世界選は自分にとっては必要なものなんだとずっと思ってました。十年経って十連覇したときに、一区切りついて、辞めようかなあと思うときはありましたが」

挫折に淡々と向き合う

不思議なもので辞めようかなあという思いが頭をよぎると、だんだん勝てなくなってくる。練習も、世界選手権のための合宿といった目的がなくなると、単なる帳面消しというかスケジュールをこなしているだけになる。本当に身になる練習をしてこなかったと気づいた。集中的に気がついた部分の練習をし、修正していったら、またすぐ勝てるようになって、もう少し競輪でがんばると決めて、それからタイトルを次々と獲り、本業の競輪でも強いということを証明出来た。

競輪選手という職業でありながら世界選に出ても強さを見せる。この二つを両立させることはなかなかに難しい。しかし世界選での活躍があったからこそ、みなが中野浩一を知っている。いくら日本の競輪で勝っても一般には認知されない。やはり世界選手権と国内の競輪の両方で強くないと、競輪界自体のレベルが上がらないというのが中野さんの持論である。

世界選やオリンピックでメダルを獲るだけではいけない。その選手が日本の競輪で勝たなければならない。

「続けていかなければみなさんに認知してもらえない。続けることが一番で、そのうち名前を知ってもらえるようになると、国内の競輪でも負けるわけにはいかなくなる」

その両輪がうまくかみ合い、誰もが知る中野浩一が生まれたのは稀有な例といってもいいかもしれない。

ケイリンは世界の共通語である。日本語がそのまま世界に通用するのは、例えばツナミ、カラオケ、ケイリンがある。

御存じない方も多いかもしれないが、ケイリンは、世界自転車選手権で行われる数ある種目の中の一つの競技である。しかし不思議なことに、ケイリン種目で日本の選手の成績はふるわない。

女子ケイリンも二〇一二年ロンドンオリンピック以来、正式種目になった。その前はちょうど私が会長時代だったので、それを機にガールズケイリンを日本に新たに作った。今では人気も出て国内でも強い選手が育ち、世界に羽ばたける日も近い。

その世界進出への先鞭《せんべん》をつけ、十連覇して十分世界で戦えることを示してくれたのが中野浩一だ。

その陰には、人知れぬ苦労や怪我があり、十連覇が途切れそうな危機にも見舞われた。しかし中野さんは、傍目《はため》には淡々とこなしたかに見える。私たちなら挫折と呼ぶ場面に何度も出会っていながら。

しかし彼等はプロなのだ。しかも世界一流のプロ選手なら、挫折をも淡々と越えていかなくてはならない。医者に全治三ヶ月といわれても、一ヶ月で治してレースに出なければならない。

十連覇直前の命にかかわる大怪我は、フィギュアスケートの羽生結弦選手のオリンピック直前の怪我にも重なる。彼等は自分のためにも周りの人のためにも全力で戦い勝たなければならない。そのノルマをこなしてこそプロなのだ。怪我などの挫折は最初から勝つための戦略の中に組み込まれている。その過酷さに立ち向かう潔い姿勢。そんな自分を中野さんは「好き」と言い切る。

中野浩一はプロ中のプロなのだ。

十連覇後、いくつかの国内での競輪で優勝し、今は、世界選やオリンピックの解説者でもあり、東京オリンピックに向けた強化担当としても活躍している。

二〇〇八年、北京《ペキン》オリンピックで永井清史《きよふみ》選手がケイリン種目で銅メダルを獲った日も、中野さんは解説者だった。私は会長として客席で応援していた。ケイリン種目で初めての三位。解説をやっていたのに途中から「永井、そこだ。追え。こら追えー」。中野さんは「追え」と「がんばれ」しか言っていない。私も立ち上がって「イケー！」と絶叫。三着！「よかった！」気がつくと中野さんと私は駆け寄ってしっかり抱き合っていた。ドームの外に出ると正面に満月が昇っていた。

自らの病と向き合った理学療法士

もし朝、僕が起きて来なかったら……

二〇一三年のことである。私は軽井沢の山荘から裏山に散歩に出ていた。夏休みがはじまる前で、愛宕山麓《あたご》にある我が家の周りは人影もない。細い山道を上り、見晴らしのいい高台で折り返して下りはじめたところ、後ろから轟音《ごうおん》が追いかけてきた。

二台のオートバイだった。山道なので避けようとして私は思わず左手を地面についた。グシャッという音がした途端、強烈な痛みが襲いかかってきた。手首が折れ曲がって元に戻らない。「骨折？」。なんとこれで三回目である。一回目が二〇一一年、右足首骨折。二回目が二〇一二年、左足首捻挫と小さな骨折、そして三回目が左手首。笑ってしまった。すべて「首」であり、さて、次は……？

ともかくつれあいの車で軽井沢病院の救急外来へ。X線をとり、橈骨《とうこつ》と尺骨の両方が折れており、簡単な手当てだけで帰京。専門病院での手術をすすめられたが、仕事が詰まっており、ギプスのとれた後はリハビリで治したいと思った。ちょうど夏休み、山荘で原稿を書くために再び滞在していた軽井沢のリハビリ専門の整形外科クリニックへ。

そこで出会ったのがKさんである。ベテランの理学療法士。一日二十分ほど施術するということで、私の希望で夏中通うことに。足の場合、ギプスがとれるとリハビリの必要はほとんどなかったが、手は微妙で、夏の間とその後時々の治療で、自由に指は動くものの、ほぼ元通りに戻るのに一年近くかかった。

リハビリは全く痛くも辛くもなく、その間にKさんの語る言葉の一つ一つが自分の感覚と考えに基づいていて、話をするのが楽しかった。

そのKさんから急なメールで、急性骨髄性白血病で入院し、次の治療が出来ないとある。驚いた。紺屋《こうや》の白袴《しろばかま》というが、健康優良児だった彼は一年に一回、職場での健康診断以外、四十過ぎまで医者にかかったことがなかった。

自覚症状は前々年の二月、疲れやすく、階段の上り下りに筋肉痛があり、爪も粉が吹いたようになった。前年の七月の健康診断では白血球の数値が異常に低い。普通一立方ミリメートルあたり三千〜一万個なのが、二千しかない。しかし体調も悪くなく、そんなこともあるかと気にせず過ごしていると、三月に入って階段を上るだけで脈拍が二百前後、全力疾走したあと位になる。おかしいと思っていたら周りから顔色が悪いと言われ、駐車場まで六百メートル歩くのに、六回休まないといけなくなった。自分では心不全だと思っていた。その夜、死をイメージして寝る前、スマホに遺言のようなものを書きはじめた。「もし朝、僕が起きて来なかったら……」。その時点でも、即入院の可能性が否定出来ないので、診察してもらっていない。二人の男の子の卒業と進学が控えており、地域の役員会行事も空けられない。「死んじゃうのならそれもいいや」という一種の開き直り。

母が心臓が悪くて亡くなっていて、自分も時々心臓が痛くなることはあったので、それが原因と思い込んでいた。ともかく子供のことや地域の役員の仕事が一区切りついて、自分の勤めている病院で受診。肺炎、心肥大、門脈肥大などがＣＴ画像で認められる。これはのっぴきならないと診療放射線技師にも言われ、血液検査をしたら白血球が異様に増えていて、そのまま設備の整った医療センターへ。むくみも出て正座も出来ず、尋常ではないのはわかっていたので、事前に二、三泊の入院が出来る用意はしていた。ネットで症状を色々調べ、白血病も一応調べたが、まさか自分がと思いもしなかった。

職場のドクターはわかっていただろうが何も言わなかった。

「絶対大丈夫だから、絶対治って帰ってこられるからと僕を送り出した」

看護師も医師も珍しいものを見るような目で見ていた。白血球の数値は十七万八千まで増えていた。医療センターでも再度血液検査をして診察室に呼ばれ、「単刀直入に言うと白血病だと思います。数値が上がりすぎ、抗ガン剤治療が早急に必要、すぐ入院してください」。

白血球が二十万になる前に手を打たないと一日ごとに倍々で増えるのだ。血液や骨髄内にガン細胞が充満している状態（骨髄穿刺《せんし》も二度行わざるを得ない）だった。予後不良群で五年後の生存率が三十％未満という稀《まれ》にみる悪質なもので、抗ガン剤もきかなかった。

最悪の中の最善

無菌室に入れられて、もう骨髄移植以外手のうちようがなく救急車で移植可能な病院に転院した。医者が焦っているのがわかる。

「でも体調は悪くないし、抗ガン剤の副作用も少なくて、病人の自覚っていうのはあまりなかったような……。白血病細胞が脾臓《ひぞう》に入って、脾梗塞が起きたときは悶絶するような痛みがありましたが」。髪の毛も抜けはじめる前にそって、けっこう自分を客観的に見ていた。

「台風が来たときと一緒。もう逃れられないじゃないですか。だから逆に開き直っちゃったんですかね。急性骨髄性白血病って言われたら、ガーンって感じで、もうどうすることも出来ないから、お願いしますという感じでした」

その最中でもブログで病状を報告し、私のところにも病室の写真つきのメールが来る。その冷静さは何なのか。

苦しいという感じでもなく、起きて普通にご飯を食べ無菌病棟を散歩も出来る状態だったので、客観的に自分を見る時間はいっぱいあった。

不安はもちろんある。医者は絶対いいことを言ってくれないので、そのときはもういいや死んでもと、遺言みたいなものを書いてバッグに入れていた。

「人の身体を診させていただく人間として目標にしてきた講演会が出来、もういいかなというのもあって。死ぬんだったら死ぬでしょうがないけど、何か意味があるなら生き残るだろうし」

家族にはそういう悲観的な話はしない。本人はわりあいドライだった。子供とのＬＩＮＥも「元気？」「うん元気だよ」という程度。

転院後は骨髄移植か臍帯血《さいたいけつ》移植。骨髄の方は合うドナーが兄妹にいなかったので臍帯血しかない。

十万人に三人位の確率の病気で、型が合うのもたいへんだが、たまたま最初の子供のものと型が合って、おまけに連休中の唯一の平日、五月の二日に間に合った。

「最悪の中の最善でしたね」

移植後、生着したかどうかわかるまで、四十八日と長くかかった。その間、抗ガン剤の副作用で食事も出来ない。すべて栄養を入れる点滴だけである。

すっかり体力が落ち、もちろん面会謝絶。

私はその頃、一度だけ見舞いに行っている。新幹線の駅から車で十分、千曲川が見える病院の五階。この辺りと見当をつけると、先客の男性二人、偶然にも彼の仕事仲間だった。

私が五階の窓辺の姿を見つけることが出来ないでいると、「ほら、あそこ」と教えてくれた。外から五階の窓辺に手を振り、スマホで喋ることが出来た。

「一階の外と五階の窓辺での会話は、まるでロミオとジュリエットね」と後で笑いあったものである。

その精神力に感嘆しながら私もなんとか命をとりとめて欲しいと毎日祈る気持ちだった。知り合いの寺で護摩をたき、祈禱《きとう》をし、彼が読みたいといった「東京新聞」の私の連載記事を送り続けた。

その間、私がドイツに行かねばならぬときも、人に頼んで一日も欠かさぬように。一日でも欠けると命にさしさわるかのような切羽つまった気持ちだった。

移植後の生着までが長く移植成功のサインが出ず、どんなにかイライラしただろうに、窓から見える千曲川の夕陽《ゆうひ》の写真などを送ってくれる。必死の闘病の中の一瞬のゆとりや楽しみ、それが彼を救ったということも出来る。

同じ頃、沖縄で同じ病で闘病中の女性がいた。彼が通った理学療法士になるための学校の同級生。二人ではげましあい「絶対復活して会おうね」と約束したのだが、彼女はその後、残念ながら闘病中に亡くなってしまった。

「悪いこと探し」の連鎖

待ちに待った退院の日が来た。しかし、二十日で病院へ逆戻り。夜発熱し、翌日、再入院。悪性リンパ腫だと告げられ再び抗ガン剤。しかしこれは移植後稀に起こるもので、間もなくことなきを得る。

そんな頃、私は再び病院へ見舞いに行った。一階のカフェで待っていると帽子とマスクで武装して現れ、一時間話が出来た。発病後初めて目の前で見る彼は、少しやせて目力が一層強くなっていた。

彼が病院で考えた様々なことを聞き、疲れないように話を切り上げて握手をすると、手が熱っぽかった。

病室に帰ってしばらくすると
ドクターヘリが上昇するシーンと遭遇。

誰を連れて何処《どこ》へ行くのかな？

まずはまっすぐ上昇するんだね。


その日のブログには窓から見えるドクターヘリの写真が載っていた。

彼を病気に追いやったのは何なのか。

もちろん、ＤＮＡの問題をはじめとする医学的な理由があるのかもしれないが、私にはわからない。

しかし奥には、心理的原因も潜んでいるのではないか。

「心理的な部分っていうのは追い込みすぎたってことがありますね。自分自身を」

実はＫさんは、病気になる以前から食事に気をつける健康法に興味があって、食事の見直しなどを学び実践して、それを近しい人にも望んだが、同じことを学んでいるわけではないので受け容れてもらえなかった。それなら自分で実践しようと朝ごはんを作ったり、自分の小遣いを使って健康食品やより身体によいものを提供しようとすることを一年近く続けるうちに、やらなければいけないと、だんだん重荷になっていく。やりはじめたら全うすべきだという強迫観念にもとらわれるようになっていった。

周りの人々に理解されないなら、自分の信じる道を自分だけでも追求して、納得してもらうしかないとますます自分を追い込んでいく。自分で実践し体現してみせようという使命感が強まる。

病前勤めていた病院の患者さんには意思の疎通のかなわない人がいっぱいいて、そういう状態になる前に出来ることがあるのではないか、アルツハイマーにしてもガンや脳梗塞にしても、その前段階での食生活、ストレスケア、運動でクリア出来ることがあるのではないかという発想が、実践で出来ていった。

しかし自分の精神が解き放たれていないといい方向に働かず、結局他を排除する意識になって、あれが悪いこれが悪いと悪いこと探しになってハッピーではなくなっていく。

自分ではそう思わないが周りはストイックという評価をする。

私も彼から食事の話を聞いて「大丈夫かな」と心配が頭をかすめたこともある。

閉塞感という泥沼から飛び立つ日

それからもう一つ。Kさんは五人兄妹の次男。長男は東京に勤め、自分が故郷に帰って百年以上続く古い家を継がねばならなかったのも大きかった。

「家を継ぐ」。それは都会の人間にはわかりにくいかもしれないが、過疎化する地方においては大きな問題である。

二十六歳位までは、お前は自由に生きていいんだよと言われて育ってきたのに、突然、家をどうするのかという話が母親から来た。そのとき、理学療法士の資格を取るための学生だったが、実家に帰るたびに「家はどうすんの」と言われ、心臓病で母が亡くなったときも、ベッドの枕元に彼の電話番号が大きくメモ書きで残っていた。それを見たとき「あっ、帰ってこなくちゃいけないな」と感じた。本当は帰りたくなかったが、母の気持ちに報いるために自分が帰らなければならないと思ったのだ。

私の母の里は信越国境を目の前に見る上越市。雪深い過疎の町。かつて地主として一帯をおさめていた大黒柱のある古い家は、ついに住む人がいなくなり、二〇一六年に更地になった。同じような古い家を抱える彼の悩みは想像出来る。

家の重圧と周辺の環境。ほとんどが七十歳以上の人々の中で四十代のKさんは若手であり、何か新しいことをやりたいと思ってもうまく進まない。地域の役員として用水路を見回る仕事など共同体としての仕事は大切だ。

人の身体を診る仕事は順調でお花畑にいる感じだったが、他のことでは闇に包まれている印象から脱《ぬ》け出せなかった。「暗黒面を拾ってきちゃったんだな。それを知るために病気になったのだと思う。あのまま行っていたらどうなっていたか。自分で決めたことなのに戻ってからずっと背負い込んでいた感じがする」。

今は再び退院して復活への道のりの途中で、「自分が変わって、自分を愛し慈しみながら、風が吹いてもちゃんとハッピーな自分をキープしとかないといけないなというのを模索しながら、自分を紡いでいるような日々ですね」。

働きはじめた頃、埼玉にいたときは、どこに行っても同じ風景でつまらないと思っていた。故郷を出て初めて地元のよさもわかったが、戻ってみると人間関係が密でみんな子供の頃から知っている人ばかり。閉塞感は自分で作り上げていたのかもしれないが、どんな状況でも自分の心の持ちようでどうにでもなるんだということを、わざわざこんな病気で教えてくれなくてもと思った。

「何でよりによって白血病？　食事とリハビリによる事前の健康法を実践しようと思ってたのに、しようがないねこれじゃ、みたいな。自分がなっちゃったんだからね。でもどっちかというと、病気になってからはワクワクする方が大きかったんです。

これでもし生き延びたらすげえだろうなと」

ここを通り過ぎればもの凄い未来が待っているかもしれないというワクワク感とは何だろう。辛いことも楽しんでしまう。与えられた試練は自分への贈り物で、特に二度目の入院がなかったら、今の境地にはなってなかった、あの苦しさと渇望感があったから、二度と入院したくないと思えたし、生きたいって思ったと言う。現状を変化への力に変えていくものの元にあるのは、やはり自分を信じる一種のおめでたさではないか。

彼にとって挫折とは何なのだろう。滅多にかからない病気にかかったことなのか。

「病気の前の方が挫折はあったかもしれないと思う。何かにとらわれ、泥沼に入っていて、どうすればいいのか、言葉にも出来ない、行動も出来ない。そんな状況だった。今はそこから飛び立ってはいないけど、泥沼を出て、どうしようって岸辺に座って泥を払っているような感じ。ああ、たいへんだった、あんな所に入ってたのか、みたいな印象がある。

正直言って、病気には挫折という感覚はしっくりこないが、この先、社会復帰を果たしてから感じるのかもしれない」

二〇一九年、四月から彼は無事、元勤めていた病院に社会復帰することが出来た。

摂食障がいという「極限」からの復活——お米ライター・柏木《かしわぎ》智帆《ちほ》氏

「いつ死んでもおかしくない」

柏木智帆さんは、私のつれあいが大学で教えたゼミの学生だった。ゼミではテレビ局での経験を生かしジャーナリズムを担当していたので、マスコミ志望の学生が多い。NHKをはじめとする放送局、新聞社や出版社をめざす。柏木さんは新聞社志望だった。

添削のため、かっちりした字で書かれたエントリーシートが何度もファックスで送られて来たので、私の印象にも残っている。真面目で大学時代、新聞を必ず読むようにすすめたら、毎日図書館にこもって全紙を隅から隅までチェックしたとか。

無事、神奈川新聞社に入ったが、面接で作文をほめられたという。経験を積むにつれ、企画記事を書くようになった。中でも横浜の寿町《ことぶきちょう》に暮らすおじさんたちと仲よくなってその暮らしぶりを描いたものなど、器用でないだけに、本当に自分もその中に入ってより添っている温かさがあった。

「こうあらねばならないって、勝手に自分でルールを作って、その中にいるのが心地いいタイプではあります。そうしないと自分が許せない。その中で生きることでほっとする……」

そしてやりはじめたのが、食事制限。最初はダイエットのつもりで軽くはじめたのだが、これを食べてはいけないというもの、この時間でないと食べてはいけないものなど、厳しいルールを作って、絶対に守る。一番酷いときには、調味料を一切取らないこともあった。

食べ物がすべてしょっぱく感じるようになって、塩分をどんどん排除した。例えばそばつゆをつけずにそばを食べる。冷ややっこや納豆も、醤油《しょうゆ》をかけない。味噌汁《みそしる》は出汁《だし》だけで煮て、味噌を入れない。うどんに練りこむ塩も気になっていった。それ以前に、肉はもちろん、乳製品、魚や卵など動物性のものは排除していた。不思議とお米だけは食べられた。

「自分ルールを作ったんです。何かに書いてあるからではなく、色々、しょっぱく感じたからこれをやめる、ということの繰り返しの中で、食べられるものが少なくなっていって」

その頃、私が時々行くジムに、一緒に行ったことがある。神奈川県の二宮町《にのみやまち》という海の近くで育ち、子供のときから父親に水泳を仕込まれて熱海から初島《はつしま》まで泳いだと聞いていたから、ぜひその泳ぎを見たいと思ったのだ。

水着姿の彼女を見て、驚いた。丸顔なのであまり気がつかなかったが、本当にガリガリで、体重は三十キロぐらい。

馴染みのインストラクターが、どこか悪いのでは？　と心配した。

そのときすでに、摂食障がいは進んでいた。身長百五十八センチで三十一キロ。会社では社長室にいきなり呼び出され「常務が主治医を紹介する。心配だから、検査したまえ」

と言われた。

しかし、自分では病気だと思っていなかった。初めて気づいたのは、恵比寿で、電車に乗ろうと階段をかけ上がろうとして倒れそうになったとき。心臓がドキドキした。

改めて鏡で自分を見たら、脚の間からきれいに向こうの景色が見え、振り返ると、肉があれば見えないはずのお尻の穴までくっきり見えていた。

急に心配になり、上司の紹介で心療内科に行くと「いつ死んでもおかしくない」。明日から休職、という命令が出された。

「それでもまだ、やせようとしてたんです。病気なんですね。もう宗教なんです。こうしなきゃいけないという絶対的なものを自分で決めてるので」

「お腹《なか》すくのが、気持ちいいんですよね。お腹いっぱいだと悲しくなる。常に空腹でいたくて、空腹でいると凄く気持ちいい。脳が覚醒して。それでもクソ真面目なので、三食キッチリ食べてたんですが、その量が極端に少ない。食事に塩を入れすぎたんじゃないかと思うと、その強迫観念で仕事場でも電車でも、寝るときも涙が出てくる。ずっと、不安で不安で」

「極限状態」でよい記事を書く

摂食障がいとは、どういう病気なのか。柏木さんの考えによれば、食への依存症なのではないかという。三百六十五日二十四時間、頭の中は食事のことばかり。

食事の時間についても、自分で、夕ごはんは六時、と決めたら六時半では絶対ダメ。もちろん、五時半も七時もあり得ない。食事に誘われたときも、待ち合わせの駅に少し先に着き、相手から、仕事が長引いて遅れます、と連絡が入ったとたん、電車に飛びのってすぐ帰ってしまった。どうしても、自分の食事の時間が遅れるのが許せなかった、という。

新聞社勤めで、事件が発生してもコンビニのものは食べられない。東日本大震災が発生したときは、帰宅難民の取材をしていたが、会社から提供される食べ物はもちろん、上司のすすめるお茶も、酸化防止剤が入っているから飲まない。水も国産以外は駄目、と決めていたので、他人からすすめられたものは水すら飲まずに仕事をしていたという。

被災地に行ったときは、一日三食ひたすら干し芋だけ。

「柏木、食ってるか」「食ってるか」と、みんな気にしてくれたが、新聞社は個人で動くことが多いから、他の人もそこまで酷いとは気づかなかったのだろう。

「内面を否定されることがどうしても許せなかったんですね。人の言葉が凄くつきささるので、新聞社のときも、人が言うことすべてグサッと刺さってしまう」

それでいて、少しでも人よりいい記事が書きたくて、他の記者にライバル意識を持ってしまう。

私などは、それほど食べないでいると空腹に耐えられなくならないかと思うのだが、彼女は空腹のときは脳が覚醒していて、睡眠時間も三時間位で仕事が出来たという。空腹でやせていくと気持ちがいいが、少しでも太ると自分に対して嫌悪感を覚えてしまう。寿町の取材など、いい記事は一番酷い状態だったときに書いたもので、自分が身を削って取材対象と向き合い、感性を極限までとぎすましていかなければならないと思っていたそうだ。食べないことによって神経をとがらせれば、寿町のおじさんたちの気持ちもわかるようになるのではないかと。

寿町には、アルコール依存症で一家離散や、高速道路から飛びおりて自殺未遂など、辛い経験を乗り越えた住人も多いせいか、みな人に優しく、社内にいるより居心地よく感じられた。

彼女をそこまで追い込んでしまった原因は、何なのだろう。彼女の異変に最初に気づいたのは、結婚して現在は三児の母になっている姉だった。「智帆は摂食障がいじゃないの?」。最初は否定したが、心臓が痛くなって病院に行くと、まさに「摂食障がい、強迫神経症です」と医者は言った。

こうした心因性の障がいには、環境が大きくかかわっている場合も多い。最初のうちは、食べられないのは我が儘だ、と言われて母と大げんかにもなったが、徐々に病気だとわかってくれるようになる。

医者には、幼い頃の母子関係に原因があると言われたが、母はその頃、亭主関白の夫の妻として、実家の文房具屋の手伝い、義父母の面倒と完璧にこなさなければならなかった。父は非常にストイックで、水泳で国体にも出場したような人だから、休日は朝からマラソン、自転車でプールに行き風呂上がりに筋トレ。彼女も水泳の小学生選手コースに入って、学校の前に水泳の朝練、授業の後にはプールで一日に七キロから八キロをこなしたが、それが辛くて自律神経失調症になった。熱海から初島まで、十二キロを制限時間四時間で泳ぐ遠泳大会にも出た。

ストイックなところは父に似ているが、その父の厳格さのもと、家事を完璧にこなしてきた母親も含め、そうした両親を見てきたことによる影響はあるかもしれない。

「自分を変えるため」の結婚

そんな病気のさなかに、彼女は二度結婚して二度とも離婚している。

一回目は中学校の同級生で、一番仲のよかった男友達だった。摂食障がいで休職したが、家では座っても横になっても、痛くて痛くて眠ることも出来ない。やせているので、骨が直《じか》に当たるのだ。骨粗しょう症もあって、診断では「戦時中の八十代のような骨です」とも言われた。そんな彼女を遠くから心配してくれた彼に再会して、「やっぱりこの人なのかな」。そう思ったときに「結婚しよう」と言われて「ハイ」とすぐ答えた。

それ位、彼女は切羽つまった状態にあった。結婚して環境を変えたら、もしかして自分が変われるかもしれない。姉が結婚したのも、たぶん影響があったのだろう。

彼女によれば、本当に人を好きになったことがなかった。

医者は言う。

「あなたは自分を極限まで痛めつけて、愛することが出来ていない。自分を愛せない人は、他人を愛することが出来ないよ」

そんな状態で結婚したことを危ぶんで、週末は二人暮らしの大船から実家に帰ることを医者にすすめられた。

食の感覚があまりに違いすぎ、彼女の作る淡白なものは彼が受け付けない。それに、彼はお金にルーズなところもあった。

決定的だったのが、彼がいきなりダイエットをはじめたとき。なぜか「体重計の目盛りを読んで」と言われた。体重計は、彼女にとってタブー。いまだに体重計には乗れない。数字を見ると、その数字と戦いはじめてしまうのだ。今日より明日、明後日と、どんどん減らないと気がすまないから、健康診断以外では見ない。それほど体重計に敏感な彼女に、その数字を読ませる無神経さが、いやになって三ヶ月で別れた。

「彼には申し訳ないんですけど、自分を変えるために利用したんです」

その気持ちは、私にもよくわかる。八方ふさがりの状態のとき、私もふと環境を変えようかと考えたことはある。しかし、すぐ結婚という形に踏み切るのがわからない。入籍、除籍など、面倒くさくはないのだろうか。まずは同棲《どうせい》だけでもいいと思うのだが。その辺りも、きちんとしなければ気がすまないのだろうか。

病気はまだ続いていたが、好転の兆しもあって仕事に戻った。もともと興味があったお米の取材を教育面担当として展開したが、その後、経済部へ異動になってしまう。経済部でもお米の取材も多少は出来たが、お米の消費量をアップして日本の米文化を守りたいと思っても、新聞記者はがんばっている人について書くことしか出来ない。傍観者ではなく現場に立って当事者として活動したい、と思うようになった。

仕事を休んでいる最中、高齢者ばかりで人手の足りない千葉県の営農組合へ手伝いに行っていた。折角なりたいと思ってなった記者だったが、こういう働き方もある、と思い、八年間在籍した新聞社を辞めて、営農組合に転職した。

そのとき、「田舎で女性一人でやっていくのはたいへんだから、めざすものが同じなら結婚して一緒にやろう」という男性の言葉に、「そうかもしれない」と思って再婚する。

その結婚パーティーに私たち夫婦も呼ばれたが、しっくり来なかった。

「自分のためになるかもしれない、と思っちゃうんですよ。この人と一緒にやった方が、自分のめざすものが実現出来るかもしれない、って」

彼の仕事は、都会から田舎に人材を送り込むための講座を開くベンチャー企業の社長。彼女は、貯金を取り崩して家賃の半分、生活費の半分などを支払い、タクシーで同じ方向へ行くにも彼と折半だった。

しかし、DVもあり、深夜、彼女はコンビニの駐車場で彼が寝るのを待ってから、自宅に帰ったこともあったという。ついに母から「あんた、帰ってきなさい」。十一月、米の収穫が終わると一年で離婚した。

ストイックなのだが、意外にも結婚については無防備。「自分を変えるため」と言う。環境が変われば自分が変わるのではなく、自分が変わらなければ環境も変わらないのだが。

結婚ではなく、バツに救われた人生

「さすがに二回目のときに吹っ切れたというか、今まで『こうあらねばならない』で生きてきたんですけど、『こうあるべき』からすでに外れてるな、と思ったんですね。バツ1

はいっぱいいますけど、なかなかバツ2の人って……。そしたら、面白くなってきちゃって。

そういう意味では、二回バツがついてよかった。なんとなく、すがすがしい気分になったんです」

こうあるべき、と何でも決めつけるのもどうかな、と思えるようになった。初めて、人生を心から楽しまないと損だと思えるようになったのだ。

昔は昼寝するのも「怠けている」と思って出来なかったので、昼寝の姿を見た母は感動していた。

休職していた間も、何も用がなくても朝六時に起きて、ちゃんとした格好をして一日一回は外に出ていた。本を読むだけでも、外のカフェに行く。だが、こうした内にこもらず外に出ていく姿勢が彼女を救ったのだろう。ともかくお米文化の再興、お米の消費拡大のために発信していきたいということで、おにぎり屋さんをやってみたり、取材して文章を書くお米ライターという仕事を、自分で勝手に作った。

〝お米〟の肩書きがついてから、お米の仕事がどんどんきて、結果的にはよかったナと思えるようになった。

「二度離婚して、私は人生を楽しもう、と思ったときから凄い酒飲みになった。食の幅も同時にひろがっていって、いつの間にか随分治っていました」

究極にまで落ちて、浮上出来た。緩やかな落ち方ならいまだに落ちたままかもしれず、落ちるところまで落ちてよかったと彼女は当時を振り返る。

「結婚は救いになりませんでした。バツが救いになりました」

バツ2の後、彼女は初めて本当に人を好きになることを知る。彼は既婚者で、離婚して一緒になると言っていたが、結局「ゴメン」と言われたときにはたいへんなショックを受けた。彼女は人を信じやすく、傷つきやすい。自分を消したい思いで、薬局で睡眠薬を二箱買い、彼が仕事をしている部屋の隅で、コンビニで買った焼酎で何回かに分けて飲んだ。彼が気づいたときには意識がなく、目が覚めたのは病院だった。胃を洗浄しても目が覚めず、危なかったという。

「ああなるまで人を好きになったことがなかったので、凄いナと自分で思いました」

そこまで人を好きになれたということで、別に彼を怨《うら》んでもいなくて、本当にいい経験をさせてもらえたと思っているところに彼女の特徴がある。極限まで行きながら、物事をマイナスにとらえない。プラス思考だから、必ず復活する。

この出来事の後、彼女と食事をした。食べられるものが増え、酒もグイグイ飲んでいた。私は、少なからずほっとした。つれあいも同じだったろう。

それから一年経って、彼女は三度目の結婚をする。福島県の猪苗代町《いなわしろまち》に米農家の彼を取材に行ったとき、お米の情報交換をするようになって仲よくなった。彼はベジタリアンで、食事についてもストイックなところは似ている。年は彼女より二つ下だが、おおらかで大人。彼女は、彼が忙しいときは農作業を手伝い、月に二、三回は上京して取材したり、あとは原稿を書いたり。雪深いところなので彼は、冬は山で林業を営んでいる。

「もう大丈夫だと思うんですが、完治ということは考えないようにしてます。普通に社会生活を送れればいいかなって」

「私は、挫折ではなかったと思うんです。挫折は瞬間的な感情に過ぎなくて、自殺未遂だって、その後の人生があって今幸せに暮らしている。だから、貴重な体験が出来たと思う。心療内科の先生は『あなたは自分をちゃんと見ている。苦しんで苦しんで、自分を客観的に見ようとしている』って言います。摂食障がいになったから今の自分がいる、と肯定感が持てる。その経験を、なぜかいとおしく思えるんです」

自分を愛し、慈しむことが出来た。その彼女に、神様は贈り物をくれた。二〇一九年の八月赤ちゃんが生まれたのだ。

終章　挫折との向き合い方

頼るのは自分でも他人でもなく――ノンフィクションライター・黒川祥子氏

インタビューの最後は、ノンフィクションライターの黒川祥子さんに話を聞いた。

彼女は、虐待を受けた子供たちなどの目線で彼等と何度もつきあった後、二〇一三年に『誕生日を知らない女の子　虐待――その後の子どもたち』（集英社文庫）で開高健《たけし》ノンフィクション賞を受賞した。

弱い立場の人を取材していく中で、書くという手段だけでなく、自ら、福祉関係のスタッフとして働くことにしたという。渦中に身を投じることによって、外から眺めるだけでなく当事者になる決意をした。そこには、何があったのだろうか。

子供たちの支援活動を取材したら、自然と若者支援のＮＰＯにもかかわる。取材活動で知り合った人に「仲間にならない？」と言われて「いいですよ」と。

「なんかね、いとおしくなってきて。あの子たちがみんなね、親と学校にやられているのを外から見過ごせなくなって」

取材の段階で多くの臨床心理士や社会福祉士に出会うが、その人たち自身が子供時代に同じ境遇にあったり、辛い思いをしたりしたケースが多いという。話をするうちに、そういう体験が続々出てくるのだ。

居場所に血のつながりは必要ない

では、黒川さん自身はどんな子供時代を送ったのだろう。

「私のノンフィクションのはじまりは父かもしれません。父は、本当に無骨な一介の中学教師だったんですけど、学校からはじかれるような不良だったりする子をうちに呼んで、勉強を教えて手料理を振る舞う。『お前ら帰れ』と言って、『親呼べ』と。毎日、親と面談しているようなちょっと変わり者で」

黒川さんの実家は、福島県伊達《だて》市である。父にとって家庭訪問は、はしご酒のようなもの。父は事前に生徒に「お前のうちは漬け物がうまいから用意しておけ」と言って出かけていく。

親には出かせぎが多く、怪我をした弱者も多い。「俺はあいつらが一番可愛い。学校でダメだとされる奴が一番可愛い」と言うのを、いつも聞かされていた。日教組だから、自民党を批判する。

「うちはほとんど三百六十五日、父の手料理で母の料理がない家。父が自分のつまみを作って酔っぱらって、農家で苦しんでいる人の事などを嘆いて泣くんですよ」

母は役場に勤めていて、全然料理を作らず家にいない。

黒川さんの話は、父親については具体的だが、母については語りたがらない。

「私は小さい頃、預けられていました。山の中のかやぶき屋根の、親戚でもないおじいさんとおばあさんに育てられた。

小さいときで覚えているのは、朝ご飯を食べると裏山をずっと探索するんです。たった一人で。でね、楽しくて楽しくてしょうがなくて」

裏山の上で遊んでいると「祥子さん、ご飯ですよ」とおばあさんに呼ばれてお昼を食べ、また出かけて、下りてくると夕方になっている。おじいさんとおばあさんにずっと大事にされて、本当に温かい家だったので、別に実の親でなくとも満たされていた。

「実家に戻ってからも、母親が家にいないので、近所のおばあちゃんが住み込みで来てくれて、いつも一緒にいました。裁縫や編み物など、全部おばあちゃんから教えてもらって、野草を取ってきてお料理したり。そのおばあちゃんは、涙もろい明治の女で本当に優しかった。あったかくて、親がいなくても大切に思ってくれる人たちがいました」

黒川さんには、実の親でなくても素晴らしい愛情のある居場所があった。今の、問題を抱える子供たちを見ていると、居場所がない。誰も、心から愛してくれる人がいない。その居場所があったかなかったかで違ってくる。居場所のあるなしが大きな要素だと、黒川さんは言う。

初めての妊娠

大学の専門は、日本近現代史。大杉栄《さかえ》がめちゃくちゃ好きで、卒論は常磐《じょうばん》炭鉱における朝鮮人強制連行だった。

東京女子大学を出て、強い母親の期待に添うのがいやでドロップアウト。就活もせず、弁護士事務所に勤め、大学のゼミの先生の影響もあって山谷《さんや》や釜ヶ崎などに炊き出しに行ったり、その頃から社会に目覚めていく。

あるとき、黒川さんの妊娠がわかって、年上のシングル女性たちに相談した。彼女たちはみな、結婚制度や家族制度に異議を唱え、身をもって体現している人たちだった。

その一人が、こう言った。

「赤ちゃんが大切なことを教えてくれるのよ」

この一言が、背中を押した。

黒川さんを見ていると、最初から「目覚めた」女性だったように思えるのだが、意外なことに専業主婦志望だったという。

高校生の頃、当時の東北地方はまだ公立の男女共学がほとんどなく、大学に行きたかったら県立福島女子高校（当時）しかなかった。女子で医学部や東大をめざす人が、みなそこに集まっていた。

「女もちゃんと職を持って自立すべき」派と専業主婦派が討論会をすると、黒川さんは「専業主婦の方がいいいか」という感じだったという。母のようになりたくなかったからだ。

役場に勤めていた母は、弟のことは溺愛《できあい》するが、勉強の出来る黒川さんのことは、母にとっては見栄の対象でしかないトロフィーチャイルド（トロフィーを持つように、親に箔《はく》をつける子）だった。

最大の挫折

一人で産んだ長男が生後三ヶ月、福祉のケースワーカーから「明日から保育園に預けて働いてください。あなたの生活保護は打ち切ります」と言われ、しょうがなく仕事を探し、ヤクルトの配達員になった。途中、交通事故に二度遭って、辞めることになる。

友人にテント芝居をやっている人がいて、半年間は旅に出てあとの半年間はモデルをやっているというので、自分も登録して絵のモデルもやった。

裸になる仕事なので、子供が三歳になったとき、オムツがとれ成長したのを見て急に、堅気の仕事、いわゆる正社員になろうと思った。

新聞の求人欄で「編集」という文字を見つけて好きになれそうな気がして、受けた。しかし、まだ子育て支援などほとんどない時代。保育園は六時までしか預かってくれない。

数社のうち一社だけが「あなたを育てたい。会社の近くに引っ越して、子供が寝た後、また会社で業務をすればいい」と提案してきたが、「子供だけ家に置くわけにはいかない」と断った。あとは、業界誌しかない。そこで、ひと通り編集の仕事を勉強することが出来た。

「息子が三歳になったとき、私は二十九歳。業界誌『月刊タイル』の編集をはじめたら凄く好きだと気がつきました。取材も書くことも、企画を考えることも」

正社員になったおかげで、ようやく生活の計画が立てられるようになる。一九八〇年代後半、バブルの影響で世の中にまだゆとりがあった。

初めて好きなものに出会えて、次に転職した先が印刷情報誌、その後、取材先で引き抜かれて多摩地域のタウン誌の編集長を任され、雇われ編集長をやった。

そのときに出会ったのが、下の子（次男）の父親になる人だった。

黒川さん、三十四歳。事実婚での出産になる。

次男の父親は奥多摩在住の自然素材を使う建築家。芸術家肌の人で、黒川さんは一緒に奥多摩地区に住むことにした。

生まれた次男は、長男と七年離れており、体型も性格も全く逆だった。上は文系、下は理系。上は女の子サイズ、細く華奢でヨーロッパ系の顔立ち。下は背が百八十二センチもありながら、大型犬の子犬のように幼い、甘え上手。

「高校のとき一つ決めていたのは、母に復讐《ふくしゅう》するためには、一人で子供を産もうってことでした。だから、母とは真逆の子育てをしました。母のように『勉強しろ』と言わない。余計な心配はしない。彼等の管理はしない」

結果、上の子は大学でドイツ文学をやり、下の子は応用生物、微生物の研究をしている。

一見、順調に月日が流れていたが、下の子が四歳のとき、男の浮気が発覚して別れることになる。

「そのときのショックといったら、これは最大の挫折なんですけれど、本当に自分がもう価値のないボロ雑巾になったみたいで、自分の土台をダルマ落としみたいにパカーンと崩されて何もなくなった。生きている世界に何も摑《つか》むものがなくなった」

苦しくて苦しくて、一度ですむ用事も二度行かないとすませられない。現実的な能力が失われ、自分の存在価値がなくなったと思ったという。

「嘘をついてる人は、凄く薄汚く感じられる。私はすぐわかったんですけど、帰りが遅くなっても『高速道路が混んでた』としか言わない……。女の人がいたんです」

黒川さんは心療内科に行き、精神安定剤と睡眠薬を飲むようになった。鬱の一歩手前。それでもガリガリと精神安定剤を砕いて飲みながら取材に通った。

「彼は『今度、一緒にやり直す家を探そう』とか言うんです。なのに、また『首都高渋滞』がはじまる。どっちつかずで。その繰り返しで、私もお皿を壁に投げつけたり、割ったり……」

「あれは恐怖なんですよ。世界へのとっかかりが失われて、ずぶずぶと沈んでいく。何かにすがろうとしても、触ろうとしても、何もない。社会が消えてしまったような体験でした」

誰かと喋っていないといられなくて、次々と電話。ずっとお酒を飲み続けていた。

二人の子供たちは、長男が次男を守っていた。

「あの不安は言いようもない。でも、そんな私を救ってくれたのは子供たちでした。『あ、私にはあの子たちがいるじゃない。あの子たちは私を必要として愛してくれている』と」

第三者の存在が、自分を生きる力になった

それでも、彼が自分以外の人と男女の関係になっているのは許せないし耐えられない。その裏切りが一番ショックだった。

結局、二ヶ月位して「もう出て行ってください」と言った。一時は黒川さんもお弁当を作ったりして彼とやり直そうとしたのだが、嘘はその間も続いていたのだ。「今日はクライアントのところに泊まる」と言っていたのに、そのクライアントから自宅に電話があってバレる。問い詰めると、簡単に白状する。

弁護士に相談して、慰謝料請求の裁判を起こして傷つくより養育費をきちんと払ってもらう方がよい、ということになった。

だが、そうなっても男は理路整然と経緯を説明し、黒川さんの非をあげつらって「浪費家」となじる始末。結局、話し合いは成り立たなかった。

考えれば、二番目の彼はすぐにイライラしがちだった。次男を出産した直後のこと。彼の貧乏ゆすりがはじまると、小一の長男は黙って食事を作ってくれたことがあった。黒川

さんが取材から遅く帰ると、下の子をおぶった彼がイライラしながら天ぷらを揚げていて肝を冷やした、ということもあった。

「次男の父と別れた後に一つ誓ったのは、もう男で問題解決するのはやめよう、ということでした」

黒川さんは、自分の依存性が強かったことに思い至った。自己肯定感が低く、人に報告することでやっと自分が認められる。

「私の人生って、誰かに報告するための人生だった」

過呼吸になりながらも、電車に乗って一時間、仕事は続けた。一度筆を折って事務の仕事をしようとしたのが三十八歳のとき。先輩のルポライターから忠告された。「筆を折っちゃいけない。あなたは書きなさい」と。

弁護士が入ったとりきめで、子供一人につき五万ずつ、月十万円は振り込まれるようになってはいたが、朝は次男を保育園に連れていった後で出勤、帰りは中一の長男が迎えに行って家で待っている。この子たちがいるからやらなきゃいけない、とにかく季節を重ねていこう、とがむしゃらに働く日々が続いた。

「三人の暮らしを一つずつ積み重ねていって、でもやっぱり憎しみが糧でした。次男の父と女性への憎しみを糧に生きてきました。でも、三年が経った頃、毎月十万円入ってくることに感謝しようと思ったんです。そのとき、私は憎悪を手放しました。被害者としての人生をやめたんです」

黒川さんは、やっと自分本来の姿を取り戻した。自分の力で生きていこうと、コピーライターをしたりテレビの仕事やフリーライターをしたり、なんとかやっていける自信を得た。

ちょうどその頃だった。シングルになる前、ライター業の傍らひきこもり支援のスタッフになっていたときの経験を踏まえ、『「ひきこもり」たちの夜が明けるとき――彼らはこうして自ら歩き始めた』（ＰＨＰ研究所）という本を橘《たちばな》由歩《ゆうほ》というペンネームで出した。

住まいも都営住宅に入ることが出来、やっと少し安定してきた。

「そのきっかけになったのは、男性への依存をやめて被害者としての人生を離れ、憎悪を手放すことが出来たことだと思っています」

その経験は、取材先の虐待を受けている子供たちにも通じた。彼等は、実の親のもとでも居場所がなく、育ての親（養育里親）のもとでようやく安心を得た。自分を心配して愛してくれる存在のいる居場所。それは、どこにあるのか。第三者の手を借りるしかない。

黒川さんと話すことで、挫折における第三者の存在が浮かび上がってきた。今までインタビューした人たちにはなかった視点。人間には、安心出来る居場所が必要なのだ。特に、成長過程の子供たちには。言葉を換えれば、それは社会の責任ということだ。子供は、産んだ親の子供である前に、この世に生まれ落ちた瞬間に社会の子供なのである。だからこそ、社会の一人一人が子供たちと向き合っていかなければならない。どんな挫折も、居場所さえあればきっと乗り越えられるに違いない。

自分に期待するということの意味

ヤスパースの「限界状況」

「人生における挫折とは何か」を考えるこの旅も終わりに近づいた。もう一度、挫折について面と向き合わなければならない。

様々なケースを提示することで逃げおおせることが出来ればいいのだが、挫折は否応なく私を摑まえにくる。それだけ私自身が挫折にこだわっている証拠でもある。

以前「青春と読書」で初めて連載した「若者よ、猛省しなさい」はその後、集英社新書として上梓された。

今回十二回に分けて連載したものをまとめた中で、私自身が提案し、こだわったのが挫折であった。挫折こそがその人を作ることを、自分を通して私は知っていた。若者には出来るだけ挫折を知って欲しいと思った。

そして挫折を知るものだけが、本当の自分を知るのだということをわかって欲しかった。

順調に、一見幸せに運ばれている人生ほど恐ろしいものはない。いい気になって、人間の本質である弱さや怖さを忘れてしまう。幸せのすぐ裏で待ちかまえている悪魔の潜む落とし穴を無事通過することは何人《なんぴと》も出来ない。才能にもチャンスにも恵まれ、人生の成功者と思われている人ほど、その裏側はすさまじい。

ここで改めて挫折とは何かを知るために、『広辞苑』（第七版）を引いてみる。

「挫折：（計画や事業などが）中途でくじけ折れること。だめになること」

たったこれだけだ。「ほんとかよ？」。どんなに多く解説をしてもしきれないはずのものが、辞書ではいとも簡単にかたづけられていることに疑問を抱く。

こんなときはスマホで検索する方がまだよく答えてくれる場合がある。

挫折（ざせつ）とは　コトバンク

ブリタニカ国際大百科事典　小項目事典の解説

「ヤスパースの哲学における基本的概念で、人間がもはやその悟性や意志によって離脱することの出来ない限界状況、すなわち死、苦悩、闘争および責任などに直面する際に出現する宿命的な経験をいう。この挫折の経験において、むしろ現存在は一層深く開明され、同時に包越者にいたる道が暗号として現れる」

なかなか暗示的で、哲学に詳しくない私には難しい。

この中に出てくる「限界状況」とは何か。「ドイツの哲学者カール・ヤスパースの用いた哲学概念で、人間存在を限界づける状況の意。『極限状況』とも訳される。『哲学入門』（1950）では、死、苦悩、争い、偶然、罪などが限界状況として考えられ、これら限界状況の経験はわれわれを絶望のなかに突落すが、しかしわれわれは絶望に直面したときに初めて真の自分となることができ」るとある（コトバンク同事典より引用）。

要するに挫折によって初めて自分を知ることが出来、ヤスパースのいう包越者になれるのだ。

「包越者」とは、「（略）対象でもなく地平でもなく、あらゆる対象と地平とがそれに向って越え出てゆけと命じる者であり、対象や地平のなかに自己を告知するにすぎない者である」（コトバンク同事典より引用）。うーん、難しい。

最近の若者は挫折を知らないという。何不自由なく育ち、危険なところに近寄らず冒険もしない。無難に生きられればいいという若者が増えているというが、私は、大なり小なり挫折のない人間はいないし、本人が挫折と受け取ったかどうかの差でしかないし、人間の存在そのものがヤスパースのいう限界状況にあり、そのことに目を向けるかどうかの差でしかないと思う。

その状況にある自分を感知し、そうした自分を客観的に見つめ、知ることによって、人は代償として自信を得ることが出来る。

「挫折経験のある奴を採れ」といういささか古めかしい企業の採用方針もそのことを示唆しているのだ。

挫折を抱えて自分と向き合う

今回取り上げた、あるいはインタビューをした人たちにはほとんど共通点があった。

それは、怪我や病気や環境などの不可抗力な事柄についても、挫折と受け取っていないことだ。

挫折というと首をかしげた。決して挫折ではないという言葉が強がりに聞こえず自然だった。そのことが不思議ですらある。外から見たら怪我も病気も離婚も挫折と思われがちだ。しかしそれぞれが、渦中にあって戦うことに必死であった。挫折だなどと悠長なことは言っていられなかったという。それほどすさまじい戦いだったのだ。

挫折とは、挫折だと思ってそこで折れてしまった人の結果論にすぎない。挫折だと本人が思わなければ、挫折ではない。その意味で、挫折とは主観的なものであって、客観的な限界状況ではない。

現実はそうだとしても、その場に置かれた人物がしっかり自分を見つめ、生きていく自信を手にすれば、挫折にはならない。

その意味で、挫折を挫折とは思わぬ、おめでたい性格もまたこの本の登場人物たちに共通するものだったと思う。

誰も挫折したいと思う人は居《お》らず、自分がその場に置かれるとは普段考えたりしない。それが突然、思いもかけぬ出来事に襲われ、その中で悩み考え、自分と直面し、自分を受容すること、慈しむことの本当の意味に目覚め、そこから再生がはじまる。

何事もなく成長し続けるときには、人は自身を省みることがない。自分の恐れ、弱さ、哀しみなど負の部分に目を向けず、意気揚々として他人の気持ちにも気づかない。

挫折を知ることとは、自分の本音と向き合うことで、そうして初めて他人の恐れ、弱さ、哀しみを想像出来るようになる。

それだけ器が大きくなるということだ。自分を知ることで余裕が出来る。本音の部分で他人とつながることが出来る。

普段、私たち人間のコミュニケーションははなはだ表面的なものだ。いくら仲よく見えようと利害や仕事でつながっていたり、それぞれの都合のいいつながり方しかしていない。そこへゆくと、挫折を自分の中に抱えつつ、自分自身と向き合うことで、深いところで他とつながることが出来る。心の奥で共鳴する感情を持つことが出来るのだ。

人によって挫折の条件は様々だ。羽生結弦選手や中野浩一さんなど、その道の第一人者といわれる人の挫折は、他人に弱みを見せられないだけに本人はいかに辛いか。

大相撲の力士なども怪我をして状態が悪かろうと、そのことを決して言わない。言うことが相手に弱みを見せることになるからだ。一流のアスリートほど過酷なものはない。いつもベストの状態であることが当たり前で、直前の怪我や病気はいいわけにならない。

羽生選手の平昌オリンピック前の怪我や、十連覇を目前にした中野さんの落車事故などもそうで、自分で引き受けるしかない。トップ選手であればあるほどそのことは織り込みずみのはずである。

トップに立つということは、どの世界であれ試練もまたそれだけ多いということだ。第四章後半で紹介したKさんと柏木さんについていえば、やっと最悪のときを乗り切っただけで、また何が待ち構えているかわからない。挫折を乗り切ったとはいえない。けれども二人とも自分を客観的に見ることを知っている。そして挫折と自分では認めてはいないように、おめでたく自分を信じている。本人の持つその資質、そして努力が、必ずやよい結果を生むと信じている。

「おめでたい才能」

今回取材したり取り上げたりした人々のことを〝おめでたい〟と私は表現した。あるいはおめでたい資質があると。

おめでたいとは何か。どういうことかを説明する義務がある。一般的には喜ぶべきこと、祝うべきことを表す一方、お人よしである、馬鹿正直であるという場合にも使われるのは当然ながら、私はもっと肯定的にとらえたいと思う。

目の前に起こったことを悲観的にとらえるのではなく、肯定的にとらえようとする。その姿勢が事実の悲惨さに負けないお人よし、おめでたいということだと考える。

挫折ともいうべき大事故、大事件に巻き込まれながらも、挫折したとは思わない、挫折と感じていないというのは、よほどおめでたいといわざるを得ない。

そして私自身を省みると、彼等の誰よりもおめでたい人間であることは否めない。それを「おめでたい才能」と私は呼んでいる。そのおめでたい才能が今の私を作っている。病気そして敗戦と二つもの災厄が重なって襲ってきても、それに打ちのめされることがなかった。逆にそれがエネルギーになって国の崩壊、我が家の崩壊に負けず、私自身で生きていくという考えを強固にしていった。友達もなく、家族に反抗を続けながら、個を強固なものにするためになくてはならぬ素地は、おめでたさであった。

他から言われることは柳に風と受け流し、私自身に興味を持ち続けることだけが大切だった。

そしていつも選択を迫られると、他人の顔を眺め、誰かに相談するのではなく、自分の内側に問いかけ自分で決める。自分を信じればこそ自分で決められる。

そのいくつかの選択肢を積み重ねることで自分を諦めることなく来られ、いつかきっとの思いが今に続いている。

現在八十三歳。ここまでおめでたい才能が続いていることに感謝である。今がスタートラインであり、本当にやりたいこと、書きたいことはこれからはじまると考えられるのは確かにめでたい。長生きをすることがめでたいのではなく、まだ自分に期待出来ることがめでたいのである。

多くの挫折の積み重ねがそんな自分を作ってくれた。挫折したら、よし今度は！と自分に期待するしか残された道はない。挫折と期待は裏腹にある。そこで諦めてしまったら本当の挫折が押し寄せてくる。

大失恋をした夜だって、涙を流し声をしのばせて泣きながら、ふと次の日の予定が頭をよぎった。

そうか、私は明日のことを気にしている。まだ自分に期待している。期待のあるうちは生きられる。

おめでたさとは自分への期待であり、自分を信じることである。その才能が挫折のどん底にある人を救う。

もう少し極端に言葉を換えてみると、自分への期待を持つためには自分を好きにならざるを得ない。

自分に惚れる。羽生選手のことをナルシストと書いたが、ナルシストはいつまでも自分に期待し続ける。

取り上げた人々の中で、唯一自分への期待を失ってしまったかに見える人物がいる。それは私が若い頃惚れた私の大切な人。もっとも自分への期待を持っていたはずの人が、いつから諦めてしまったのか。それが残念でならない。

もっとも才能に溢れていると思える人ほど魔がさすと弱いのだろうが、繊細な神経が現実に耐えられなかったのか。他人を刺さずにおかない不吉な黒い目の光が予感していた現実になぜ負けてしまったのか。一度どうしても聞きたいと思っている。

「私が俳句だ」と言い切った金子兜太

自分の存在自体を信じ、死ぬまで誇りを持っていた巨人、金子兜太。「私が俳句だ」と言い切った。そのおめでたさに脱帽である。二〇一八年二月二十日に九十八歳で亡くなった。

『天地悠々　兜太・俳句の一本道』というドキュメンタリー映画も完成し、二〇一九年の金子兜太の命日に日本プレスセンタービルで公開試写会があった。黒田杏子《ももこ》さん、嵐山光三郎さんらといった人々と一緒に壇上で金子兜太について語った。

私は『この一句――108人の俳人たち』（大和書房）という拙著で、「兜太の出現は一つの事件であった」と書いた。

事件を起こした犯人は兜太その人である。ということは、単なる俳人としての兜太ではなく、存在そのものが問題なのだ。

その存在を支えていたのが故郷である秩父。秩父困民党など反抗の民を生んだ土壌で、父は医者であった。

次に、南方に出征し、トラック諸島（現・チューク諸島）で敗戦を迎える体験。

東京帝国大学（現・東京大学）を出て日銀に入るも、組合活動などに力を入れ、左遷ばかり。俳句という詩で自己表現すると決めた人生はすさまじい。

〝おおかみに螢《ほたる》が一つ付いていた〟

私が一番好きな句である。シュールな中におおらかな自然が息づいている。秩父にはかつてオオカミが棲《す》んでいた。今も声を聞いたという人はいるし、秩父にはオオカミがいても不思議ではない。

「もっと生きものの感覚を磨くことだ」という言葉のように、兜太は身をもって生きものとしての人間を見ている。

〝水脈《みお》の果て　炎天の墓碑を　置きて去る〟

戦後米軍の捕虜になり、最後の復員船で帰ったときの句。多くの仲間たちがその島で眠っている。

大きな挫折であった。

そのことが一貫して反戦につながっている。亡くなる直前まで続けた「東京新聞」などでの「平和の俳句」の連載。一般公募した多くの人々の句の選句をいとうせいこうさんと共に選んだ。

彼の俳句には、自分が直面したトラック諸島での敗戦体験と挫折が生きていた。

〝彎曲《わんきょく》し　火傷《かしょう》し爆心地の　マラソン〟

〝原爆許すまじ　蟹《かに》かつかつと　瓦礫《がれき》あゆむ〟

など原爆の俳句もある。

そこには怒りと優しさと、鋭い人間性が出ている。それでいて単なる悲惨さであったり暗さではない。

それは金子兜太という存在が受け止めているからなのだ。これほど大きなおめでたさはないという位のけたはずれのおめでたさ！

そのことに私は惹かれる。

かつて兜太が『この人この句　各界俳人三百句』（主婦の友社）という本の中に私の俳句を三句とり、「この人の句にはユーモアがある」と評したことが一番嬉しかった。要するにおめでたさと軽みがあると言っていただいたと私は自惚《うぬぼ》れている。

単なる俳人というくくりには入りきらない。存在自体が他のどこにもあり得ない。

日銀に入ってからも地方ばかりにまわされ、ついには現場にいることが許されなくなっても組合活動を続け、俳句を作り続ける。

素晴らしい俳人は多くいるが、「私が俳句だ」という存在は金子兜太以外に知らない。

それは若い頃からの多くの挫折とおめでたい人間性、いいかえれば自由でのびのびと、生きものの感覚を失わない中から生まれて来たものに違いない。

かつて私は、『神聖喜劇』を書いた大西巨人が、テレビドキュメンタリーの最後に「作家とは何ですか」と聞かれ、「俺のことだ」と答えたことにいたく感動したが、金子兜太は俳人とは言わず、「私が俳句だ」と言った。その意味を考えたい。

本書は、『青春と読書』内の連載「潔い負け方　人生は挫折と敗北でできている」（二〇一八年六月号～二〇一九年五月号）をもとに、加筆・訂正したものです。

下重暁子（しもじゅう あきこ）

作家。早稲田大学教育学部国語国文学科卒業後、NHKに入局。女性トップアナウンサーとして活躍後、フリーとなる。民放キャスターを経て、文筆活動に。公益財団法人JKA（旧・日本自転車振興会）会長等を歴任。現在、日本ペンクラブ副会長、日本旅行作家協会会長。『家族という病』『極上の孤独』（ともに幻冬舎新書）、『若者よ、猛省しなさい』（集英社新書）、『鋼の女 最後の瞽女・小林ハル』（集英社文庫）など著書多数。

人《じん》生《せい》にとって挫《ざ》折《せつ》とは何《なに》か

集英社新書〇九九八C

二〇一九年一一月二〇日 第一刷発行

著者……下重暁子《しもじゅうあきこ》

発行者……茨木政彦

発行所……株式会社集英社

東京都千代田区一ツ橋二-五-一〇 郵便番号一〇一-八〇五〇

電話 〇三-三二三〇-六三九一（編集部）
〇三-三二三〇-六〇八〇（読者係）
〇三-三二三〇-六三九三（販売部）書店専用

装幀……原 研哉

印刷所……大日本印刷株式会社 凸版印刷株式会社

製本所……加藤製本株式会社

定価はカバーに表示してあります。

ISBN 978-4-08-721098-9 C0236

Printed in Japan

a pilot of wisdom

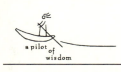